El
Decamerón

Giovanni Boccaccio

El Decamerón

EDICIONES LEYENDA, S.A.

El Decamerón

Giovanni Boccaccio

Edición: 2012

Ediciones Leyenda, S.A. de C.V.
Ciudad Universitaria No. 11
Col. Metropolitana 2a. Sección
Ciudad Nezahualcóyotl
Estado de México
C.P. 57740
Tel.: 57 65 73 50, Tel./Fax.: 57 65 72 59

ISBN 978-607-7666-20-2

Miembro de la Cámara Nacional
de la Industria Editorial, Reg. No. 3108

www.edicionesleyenda.com.mx
ediciones_leyenda@yahoo.com.mx

Impreso en México - Printed in Mexico

Contenido

Sobre esta Obra

Presentamos en este libro la Primera Jornada con las diez primeras narraciones de El Decamerón *ya que es un libro constituido por cien cuentos, algunos de ellos novelas cortas, alrededor de tres temas: el amor, la inteligencia humana y la fortuna.*

Para engarzar estas cien historias, Boccaccio estableció un marco de referencia narrativo. La obra comienza con una descripción de la peste bubónica (la epidemia que golpeó Florencia en 1348) que da motivo a que un grupo de diez jóvenes siete mujeres y tres hombres que huyen de la plaga se refugien en una villa en las afueras de Florencia. Para pasar el tiempo, cada miembro del grupo cuenta una historia por cada una de las diez noches que ellos pasan en la villa. De esta manera se relatan las cien historias en total. Además, cada uno de los diez personajes se nombra jefe del grupo por cada uno de los diez días alternadamente. Este liderato se extiende a dictar el contenido de las historias para ese día, de modo que haya una organización temática de los cuentos.

Los temas son casi siempre profanos, a tono con la mentalidad burguesa que empezaba a fraguarse en Florencia: la inteligencia humana, la fortuna y el amor. Van desde "historias de mala suerte que inesperadamente cambian hacia felicidad" (el día dos, bajo el liderazgo de Filomena) hasta historias considerablemente más interesantes de "mujeres que juegan engaños con sus maridos" (día siete, bajo el mandato de Dioneo). Cada día también incluye una breve introducción y una conclusión, que describen otras actividades diarias del grupo, además del relato de historias. Estos interludios del cuento incluyen con frecuencia las transcripciones de canciones populares italianas en verso.

Giovanni Boccaccio

Nació en junio o julio de 1313, hijo ilegítimo del mercader Boccaccio (Boccaccino) di Chellino, agente de la poderosa compañía mercantil de los Bardi. Nada se sabe con certeza acerca de la identidad de su madre. Se discute dónde nació Boccaccio: pudo haber nacido en Florencia, en Certaldo o, incluso, según algunas fuentes, en París, lugar al que su padre debía desplazarse a menudo por razón de su trabajo. Se sabe que su infancia transcurrió en Florencia, y que fue acogido y educado por su padre, e incluso continuó viviendo en la casa paterna después de 1319, cuando el mercader contrajo matrimonio con Margherita dei Mardoli. Boccaccio vivió en Florencia hasta 1325 o 1327, cuando fue enviado por su padre a trabajar en la oficina que la compañía de los Bardi tenía en Nápoles.

Como Boccaccio mostrara escasa inclinación hacia los negocios, el padre decidió en 1331 encaminarlo hacia el estudio del derecho canónico. Tras un nuevo fracaso, se dedicó por entero a las letras, bajo la tutela de destacados eruditos de la corte napolitana, como Paolo da Perugia y Andalò di Negro. Frecuentó el ambiente refinado de la corte de Roberto de Anjou, de quien su padre era amigo personal. Entre 1330 y 1331 enseñó Derecho en la Universidad de Nápoles el poeta stilnovista Cino da Pistoia, quien tuvo una influencia notable en el joven Boccaccio.

La mañana del 30 de marzo de 1331, sábado santo, cuando el autor tenía veintitrés años, conoció a una dama napolitana de la que se enamoró apasionadamente —el encuentro se describe en su obra *Filocolo*—, a la que inmortalizó con el nombre de *Fiammetta* ("Llamita") y a la que cortejó sin descanso con canciones y sonetos. Es posible que Fiammetta fuese María de Aquino, hija ilegítima del rey y esposa de un gentilhombre de la corte, aunque no se han encontrado documentos que lo confirmen. *Fiammetta* abrió a Boccaccio las puertas de la corte y, lo que es más importante, lo impulsó en su incipiente carrera literaria. Bajo su influencia escribió Boccaccio sus novelas y poemas juveniles, desde el *Filocolo* al *Filostrato,* la *Teseida,* el *Ameto,* la *Amorosa visión* y la *Elegía de Madonna Fiammetta.* Se sabe que fue Fiammetta la que puso fin a la relación entre los dos, y que la ruptura le causó a Boccaccio un hondo dolor.

En diciembre de 1340, después de al menos trece años en Nápoles, tuvo que regresar a Florencia a causa de un grave revés financiero sufrido por su padre. Entre 1346 y 1348 vivió en Rávena, en la corte de Ostasio da Polenta, y en Forlì, como huésped de Francesco Ordelaffi; allí conoció a los poetas Nereo Morandi y Checco di Melletto, con los cuales mantuvo después correspondencia.

En 1348 regresó a Florencia, donde fue testigo de la peste que describe en el Decamerón. En 1349 murió su padre, y Boccaccio se estableció definitivamente en Florencia, para ocuparse de lo que quedaba de los bienes de su padre. En la ciudad del Arno llegó a ser un personaje apreciado por su cultura literaria. El *Decamerón* fue compuesto durante la primera etapa de su estancia en Florencia, entre 1349 y 1351. Su éxito le valió ser designado por sus conciudadanos para el desempeño de varios cargos públicos: embajador ante los señores de Romaña en 1350, camarlengo de la Municipalidad (1351) o embajador de Florencia en la corte papal de Aviñón, en 1354 y en 1365.

En 1351 le fue confiado el encargo de desplazarse a Padua, donde vivía Petrarca, a quien había conocido el año anterior, para invitarlo a instalarse en Florencia como profesor. Aunque Petrarca no aceptó la propuesta, entre ambos escritores nació una sincera amistad que se prolongaría hasta la muerte de Petrarca, en 1374.

La tranquila vida de estudioso que Boccaccio llevaba en Florencia fue interrumpida bruscamente por la visita del monje sienés Gioacchino Ciani, quien lo exhortó a abandonar la literatura y los argumentos profanos. El monje causó tal impresión en Boccaccio que el autor llegó a pensar en quemar sus obras, de lo que fue afortunadamente disuadido por Petrarca.

En 1362 se trasladó a Nápoles, invitado por amigos florentinos, esperando encontrar una ocupación que le permitiese retomar la vida activa y serena que había llevado en el pasado. Sin embargo, la ciudad de Nápoles en la época de Juana I de Anjou era muy diferente de la ciudad próspera, culta y serena que había conocido en su juventud. Boccaccio, decepcionado, la abandonó pronto. Tras una breve estadía en Venecia para saludar a Petrarca, en torno al año 1370 se retiró a su casa de Certaldo, cerca de Florencia, para vivir aislado y poder así dedicarse a la meditación religiosa y al estudio, actividades que sólo interrumpieron algunos breves viajes a Nápoles en 1370 y 1371. En el último período de su vida recibió del ayuntamiento de Florencia el encargo de realizar una lectura pública de *La Divina Comedia* de Dante, que no pudo concluir a causa de la enfermedad que le causó la muerte el 21 de diciembre de 1375.

John William Waterhouse en *A Tale from Decameron*, 1916, representó a nueve de los jóvenes protagonistas del *Decamerón*.

Proemio

Aquí comienza el libro llamado Decamerón, denominado también Príncipe Galeoto, en el que hay cien narraciones, referidas en diez días por siete damas y tres mozos.

Es humano tener compasión de los afligidos; y si en cualquier persona parece esto bien, debe exigirse aún más en aquellos que necesitaron consuelo y lo encontraron en otros. Con seguridad, si alguien lo necesitó más y lo recibió con estima y placer, yo soy uno de ellos; puesto que desde mi primera infancia hasta hoy he estado encendido en un noble y puro amor, hasta el punto de que si se narrara no parecería propio de mi baja condición. Y aunque acerca de eso por los discretos se tuvo noticias, y yo fui alabado y muy bien considerado, no por ello dejé de sentir grandes fatigas, y no por crueldad de la mujer amada, sino por el violento fuego que en mi mente engendraron los más desenfrenados apetitos, los cuales no tenían límite alguno, y muchas veces me hacían sentir gran pesar. En tal tribulación, los apacibles consejos de un buen amigo, junto con sus loables consuelos, tanto mitigaron mi dolor, que tengo la firmísima creencia de que gracias a ellos no dejé de existir.

Pero si Aquel que, siendo infinito, dio por ley inmutable que todo lo mundano acabe, plúgole a Él que mi amor —aunque ferviente y sin que ninguna fuerza de duda, de consejo, o de evidente oprobio, o de peligro, pudiera romperlo o doblegarlo— terminase en el curso del tiempo debilitándose de tal manera que de él sólo ha quedado ese placer que suele dejar la pasión a quien no se arriesga a navegar por sus piélagos tenebrosos.

Por tanto, donde acostumbraba a sentir fatiga, ahora, desprendiéndome de afanes, he venido a encontrar deleite.

Pero aunque hayan terminado ya mis agobios, no por eso me olvidaré de los beneficios recibidos de aquellos a quienes por su benevolencia producían penas mis cuitas; si es como creo, no volverán a olvidárseme más, de no ser con la muerte.

Y como, por lo tanto, el agradecimiento es virtud digna de elogios de entre todas, y censurable lo contrario, no quiero parecer ingrato y me he propuesto, hasta donde lleguen mis fuerzas, a cambio de aquello que he recibido y ahora que puedo valerme de mí, prestarles algún alivio; a los que me entendieran, aunque por su buen sentir, por casualidad o por su buena suerte no lo necesiten, y también, por lo menos, para aquellos que lo necesiten. Y aunque mi ayuda, consolación, o como quieran llamarle, resulte poca cosa, al menos para aquellos que están muy necesitados de ella, sin embargo debo prodigarla donde más se necesita, porque allí será de más utilidad y también tenida en más estima.

¿Y quién negará, cualquiera que sea, que este auxilio debe darse a las mujeres gentiles, antes que a los hombres? Poseen en sus delicados pechos, gazmoñas y vergonzosas, una amorosa llama que cobra más fuerza que lo ostensible; así lo saben quienes las han saboreado y las saborean. Ocurre, además, que las mujeres dirigidas por las voluntades de los padres, madres, hermanos y maridos, no poseen libertad para elegir los placeres, y, es más, permanecen la mayoría del tiempo recluidas en el círculo reducido de sus habitaciones, permaneciendo casi ociosas, deseando cosas que al cabo de media hora desprecian, y debatiéndose en pensamientos que no siempre son alegres. Y si alguna melancolía nacida de fogosos deseos acude a su mente, conviene que se la guarden, si nuevos razonamientos no la expulsan. Y eso que son menos fuertes que los hombres en conformarse.

En el caso de los hombres enamorados no ocurre lo mismo, como podemos claramente observar. Estos, si están invadidos de alguna pesadumbre o pensamiento triste, poseen muchos modos de disiparlo o aliviarlo; para eso, si quieren, pueden pasear, oír y ver muchas cosas, cazar, pescar, ejercitarse en la cetrería, cabalgar, jugar y traficar... De esta manera cualquiera puede, en su totalidad o en parte, adquirir ánimos o aliviarse, al menos por algún tiempo. De tal manera, o se obtiene consuelo o se levanta el ánimo por algún tiempo.

Por lo que, para aliviar de alguna manera la falta de Fortuna donde menos pródiga resulte, como en el caso de las mujeres, y donde más avara se muestre en sus consuelos, yo, en socorro y favor de aquellas que aman (que las otras ya tienen bastante con la aguja, el huso y la rueca), me propongo relatar aquí cien novelas, fábulas, parábolas, historias, o como queramos llamarlas, referidas en diez días en una honesta reunión de siete damas y tres hombres jóvenes, durante el pestilencial tiempo de la pasada mortandad, y algunas canciones cantadas en su dialecto por las citadas mujeres.

En estas narraciones se encontrarán placenteros lances de amor, con otros fortuitos acontecimientos, tanto de los tiempos modernos como de los antiguos. Las mujeres que esto lean podrán sacar provecho de las cosas de solaz que aquí se encuentran, y a la vez útiles consejos para conocer lo que deben rehuir y lo que deben imitar, cosa difícil, si sus ansiedades no se disipan. Si esto ocurre (¡Dios lo quiera!), den gracias al Amor, que al librarme de sus ligaduras, me ha permitido ocuparme de sus deleites.

Jornada Primera

Comienza aquí la Jornada Primera del Decamerón, en la que, después de exponer el autor el motivo por el cual las personas que se enumeran se reunieron para razonar conjuntamente. Se habla, bajo el reinado de Pampinea, de lo que más agrada a cada una.

CUÁNTAS veces, graciosísimas señoras, pienso que todas vosotras sois piadosas por naturaleza, otras tantas comprendo que la presente obra tendrá, a vuestro juicio, un pesaroso y enojoso comienzo, como es la recordación de la pestilente mortandad pasada, universalmente dolorosa para los que la vieron o conocieron, y que llevo en la memoria por lo perniciosa y deplorable. Pero no quiero que por eso os asustéis antes de leerlo, como si siempre hubierais de discurrir, al leerme, entre suspiros y lágrimas.

Este horrible principio no será sino como para los caminantes una montaña árida y agreste, más allá de la cual se extiende un delicioso llano, tanto más agradable cuanto mayor fuera la fatiga de la subida y el descenso. Y así como al exceso de alegría sigue el dolor, así también las miserias, al sobrevenir el regocijo, desaparecen. A esta breve tristeza (digo breve porque se contiene en pocas líneas) seguirán prestamente la dulzura y el placer, lo que os prometo de antemano, para evitar que si no os lo digo, no las esperéis. En verdad que si yo hubiera podido honestamente llevaros a lo que deseo por otro sendero menos áspero que éste, de buen grado lo hubiera hecho; pero como en él fue razón de que surgieran las cosas que se leerán, y no se podían exponer sin esta aclaración, casi por necesidad me veo obligado a escribir lo que escribo.

Y digo, pues, que los años de la fructífera Encarnación del Hijo de Dios habían llegado a mil trescientos cuarenta y ocho, cuando en la egregia ciudad de Florencia, espléndida entre todas las de Italia, sobrevino la mortífera peste. La cual, por obra de cuerpos celestes o por nuestros inicuos actos, la justa ira de Dios envió sobre los mortales, y fue originada unos años atrás en las partes de Oriente, donde arrebató una innumerable cantidad de vidas, y desde allí, sin detenerse, prosiguió devastadora hacia el Occidente, extendiéndose pavorosamente.

No valía entonces ninguna previsión ni providencia humana, como limpiar la ciudad por operarios nombrados para tal caso, ni prohibir que algún enfermo entrara en la población, ni dar muchos consejos para conservar la salud, ni hacer, no uno, sino muchos actos píos invocando a Dios, en procesiones ordenadas y de otras maneras, por las personas devotas.

En todo caso, al iniciarse la primavera del año anterior, comenzó la peste sus horribles efectos, apareciendo de una manera casi milagrosa. Pero no ocurría como en Oriente, donde el verter sangre de la nariz era signo de muerte inmediata, sino que aquí, al empezar la enfermedad, salíanles a las hembras y a los varones unas hinchazones en las ingles y los sobacos que a veces alcanzaban el tamaño de una manzana común, o bien como un huevo, unas más mayores que otras. Vulgarmente se las denominaba bubas. Las mortíferas inflamaciones iban surgiendo por todas partes del cuerpo en poco tiempo, y seguidamente se convertían en manchas negras o lívidas que surgían en brazos, piernas y demás partes del cuerpo, grandes y diseminadas, o apretadas y pequeñas. Y así como el bubón primitivo era signo, y aún lo es, de muerte inmediata, también éranlo esas manchas. Para curar tal enfermedad no parecían servir el consejo de los médicos ni el mérito de medicina alguna, ya porque la naturaleza del mal no lo consentía, o bien, a causa de la ignorancia de los médicos (cuyo número, aparte del de los hombres de ciencia, habíase hecho grandísimo, entre hombres y mujeres carentes de todo conocimiento de medicina), haciendo que escapase el origen del daño y el modo de tratarlo. Y así, no sólo eran raros los que se curaban, sino que casi todos, al tercer día de la aparición de los antedichos signos, cuando no antes o algo después, morían sin fiebre alguna ni otro accidente.

Esta peste cobró una gran fuerza; los enfermos la transmitían a los sanos al relacionarse con ellos, como ocurre con el fuego a las ramas secas, cuando se les acerca mucho. Y el mal siguió aumentando hasta el extremo de que no sólo el hablar o tratar con los enfermos contagiaba enfermedad a los sanos, y generalmente muerte, sino que el contacto con las ropas, o con cualquier objeto sobado o manipulado por los enfermos, transmitía la dolencia al sano.

Maravilloso sería no creer lo que afirmo, si los ojos de muchos, y los míos propios, no lo hubieran visto, de manera que yo no osaría creerlo, y menos escribirlo, si mucha gente digna de fe no lo hubiese visto u oído.

Y digo que tan fuerte y poderosa fue la peste narrada, que no solamente pasaba de una persona a otra, sino que las cosas del enfermo o muerto de la dolencia que eran tocadas por animales ajenos a la especie humana, les contagiaba y aun les hacía morir en espacio brevísimo. Por mis propios ojos (como antes dije) presencié, entre otras cosas, esta experiencia un día: yacían en la vía pública los harapos de un pobre hombre muerto hacía un rato, y dos puercos, acercándose, oliéronlos y los asieron con los dientes, según su costumbre; a poco, tras algunas convulsiones, como si hubieran tomado veneno, ambos cayeron muertos sobre los mal compuestos andrajos.

Estas cosas, y otras parecidas o peores, produjeron mucho miedo e imaginaciones entre los que conservaban la vida. Casi todos tendían a un único fin: apartarse y huir de los enfermos y de sus cosas; obrando de esta manera creían mantener la vida. Algunos pensaban que vivir moderadamente y guardarse de todo lo superfluo ayudaba a resistir tan grave calamidad, y así, reuniéndose en grupos, vivían alejados de los demás, recogiéndose en sus casas, recluyéndose en los sitios donde no había ningún enfermo, y disfrutando de la música y otros sensatos placeres que tenían a la mano. Otros, de parecer contrario, pensaban que gozar, beber mucho y vivir solazándose, satisfaciendo todos los apetitos que tenían a su alcance, riendo y mofándose, era la medicina precisa contra el mal.

Y lo que pensaban, poníanlo en práctica según sus medios; se pasaban el día y la noche de taberna en taberna, bebiendo sin parar y excediéndose en todo lo que les agradaba. A esto podían entregarse con ligereza, ya que todos (como si no fueran a seguir viviendo) habían dejado sus negocios en el abandono, y la mayoría de las casas eran del dominio común, utilizándolas los extraños como si fueran los propios dueños. Y con esta extraña conducta, siempre se apartaban de los enfermos.

En nuestra ciudad había tanta aflicción y miseria, que la suprema autoridad de las leyes, tanto divinas como humanas, decayó y desapareció totalmente, porque los ministros y ejecutores de ellas, como los demás hombres, habían muerto o enfermado; o bien alejáronse de tal modo con sus familias, que no podían cumplir oficio alguno, por lo que resultaba lícito ejecutar lo que antojara a cada uno. Había un término medio de gentes que no se recluían en sus viviendas, como los primeros, ni tampoco hacían excesos de bebida y otros placeres, como los segundos, sino que, por el contrario, usaban según su apetito de los placeres en cantidad suficiente, y no apartándose, sino andando con flores en las manos y con hierbas aromáticas y con diversas clases de especias. Olían de vez en cuando estas cosas, pensando que era bueno aromatizar el cerebro con tales perfumes, a fin de combatir el aire fétido y maloliente por los cadáveres, la enfermedad y los medicamentos. Otros tenían más crueles sentimientos (como si ello fuera más seguro), y decían que no había mejor medicina contra el mal que evadirse de él. Y con este argumento, sin pensar en nada ajeno a ellos, bastantes hombres y mujeres salieron de su propia ciudad, abandonando sus casas, sus parientes y sus enseres, para buscar en campos ajenos, o propios, el medio donde la ira de Dios, al castigar la iniquidad de los hombres con aquella peste, no alcanzara, sino que solamente oprimiera a los que permanecían dentro de los muros de la ciudad, como si ninguna persona debiera permanecer en ella por temor a que le llegara su última hora.

Y puesto que los que opinaban tan disparatadamente no todos morían, ni tampoco se salvaban todos, sino que, enfermando muchos en diversos lugares, ellos, que habían sido ejemplo mientras estaban sanos, eran también abandonados y morían en solitario. De más está decir que cada ciudadano rechazaba al otro, y que casi ningún vecino se preocupaba de los demás, y que la propia familia no se visitaba, por lo menos asiduamente. Esto era resultado del espanto producido por aquella enfermedad; el hermano abandonaba al hermano, el tío al sobrino, la hermana al hermano, y a menudo la mujer al marido; y (lo que es más grave, y casi increíble) los padres y las madres procuraban no visitar ni atender a los hijos, como si no fuesen suyos. Por todo esto, siendo incalculable la multitud de hombres y mujeres que enfermaban, no tenían más remedio que recurrir a la caridad de los amigos (de los que había pocos) o a la avaricia de los sirvientes, los cuales exigían grandes salarios y ventajosas condiciones. Con todo no había muchos, y los que había eran hombres y mujeres de rudo entendimiento y no acostumbrados a tales menesteres. Generalmente sus servicios consistían en entregar a los enfermos lo que les pedían, o en asistir a su muerte; algunas veces, ocupados en tal faena, en lugar de ganar, perdían. Y al ser abandonados los enfermos por sus vecinos, parientes y amigos, y al haber escasez de sirvientes, ocurrió el hecho casi inaudito de que, cuando una mujer, por gallarda, bella o gentil que fuese, enfermaba, no se recataba, al tomar a su servicio un hombre, joven o no, de mostrarle sin ningún pudor ciertas partes de su cuerpo, como lo hubiera hecho con otra mujer, si la necesidad de su mal se lo exigía. Tal hecho, entre las que curaron, contribuyó a que fueran menos honestas posteriormente.

Aparte de esto, siguió la muerte de muchos que se hubieran salvado de ser atendidos, por lo que, entre la escasez de servicios que padecían los enfermos, más la fuerza de la peste, en la ciudad aumentaba el número de muertos hasta el punto que asombraba oírlo decir, y más presenciarlo. De tal manera, casi forzosamente, surgió entre los ciudadanos que permanecían vivos, hábitos contrarios a sus anteriores costumbres.

Era de rigor, como ocurre hoy, que las mujeres, parientas y vecinas, se reunieran en la casa de un difunto con las allegadas del mismo, mientras delante de la casa mortuoria se juntaban los vecinos y numerosos ciudadanos con los deudos del finado. Seguidamente venían los clérigos, según el rango del muerto, que llevado a hombros, con funeral de pompa y cánticos, era conducido a la iglesia elegida por él mismo antes de morir. Estas cosas, al empezar a crecer el rigor de la peste, cesaron del todo o en su mayor parte, ocurriendo otras nuevas. Ahora no solamente morían los hombres sin estar rodeados de mujeres, sino que morían sin testigos, siendo muy escasos los que podían gozar de piadosas lamentaciones y amargos llantos. Por el contrario, los sobrevivientes se entregaban a risas y bromas y diversas algaradas, costumbre que muchas de las mujeres, abandonando su femenina devoción, aprendieron a la perfección, en favor de su salud. Apenas había cadáveres que fueran conducidos a la iglesia con más de diez o doce acompañantes; no se trataba ya de apreciados e ilustres ciudadanos, sino de una especie de desaprensivos de baja ralea, que se hacían llamar faquines, los cuales se buscaban entre la gente vil. Eran pagados por sus servicios, que consistían en transportar el ataúd, que con pasos presurosos era conducido, no a la iglesia que el difunto hubiese dispuesto en vida, sino generalmente a la más cercana; detrás llevaban, con pocas velas y a veces ninguna, cuatro o seis clérigos, que, con ayuda de estos faquines, y sin molestarse en exequias largas y solemnes, mandaban colocar el féretro en la sepultura vacía que encontraban más a mano. La gente modesta, y mucha de clase media, sufría mayor miseria, porque la mayoría, retenidas en sus casas por la esperanza o la pobreza, y sin salir de sus vecindades, enfermaban a millares a diario; y al no ser atendidos ni servidos en cosa alguna, morían irremediablemente. Muchos finaban de noche o de día, en plena calle, y otros muchos, aunque pereciesen en sus casas, lo notificaban a sus vecinos con el hedor de sus cuerpos corruptos. Había abundancia de éstos y de los otros.

Muchos de los vecinos tomaron una costumbre, más por el temor de que la corrupción de los muertos les perjudicara, que por caridad hacia los difuntos. Esta costumbre consistía en que ellos y algunos de los portadores sacaban de sus casas los cuerpos de los fallecidos, colocándolos ante el umbral de sus puertas, donde generalmente por la mañana podían verse en gran número por los que pasaban por allí. Luego hacían venir ataúdes, y por ser tan excesivo el número de muertos, debían colocarlos sobre una tabla. Además, no era raro que en un sólo ataúd juntaran dos o tres muertos a la vez. A veces una misma caja sirvió para la mujer y el marido, o para dos o tres hijos, o bien para el padre y el hijo. Los sacerdotes se encontraban con que dentro de un entierro, se les añadían dos o tres ataúdes llevados por faquines, y creyendo acompañar a un solo muerto, lo hacían para siete u ocho, o tal vez más. No eran honrados con lágrimas, cirios ni compañía, debido a la magnitud del acontecimiento, y lo mismo se cuidaban de la gente que moría, que se cuidarían de una cabra. Quedó de manifiesto que si el curso natural de las cosas no había podido, con los raros males, demostrar a los doctos la necesidad de desplegar gran paciencia, en cambio se consiguió cambiar a los más simples, transformándolos con la magnitud de los males sufridos, en más ocurrentes y despreocupados. A la vista de la cantidad de cadáveres que día a día y casi hora a hora eran trasladados, no bastando la tierra santa para enterrarlos, ni menos para darles lugares propios, según la antigua costumbre, debían aquéllos colocarse en el cementerio de los templos, que estaban llenos de fosas grandísimas donde colocaban a centenares de los recién llegados, tirándolos como mercancías, muy juntos y con poca tierra encima, hasta llegar a la superficie.

Y para no entrar en más particularidades sobre estas miserias acaecidas en nuestra ciudad, digo que, transcurriendo en ella tan infames tiempos, no por eso se libró la campiña colindante, en la que, dejando aparte los castillos, semejantes dentro de su pequeñez a la ciudad, en los pueblecitos y tierras dispersas, los míseros y pobres labradores, juntamente con sus familias, carecían de servicio médico alguno y de la ayuda de los servidores, y morían de día y de noche indistintamente, en las casas, caminos y predios, más como bestias que como hombres. Por tal motivo se convirtieron, como los ciudadanos, en cínicos y despreocupados de sus haberes, no ocupándose de ninguna cosa. Todos, de este modo, parecía que se cuidaban sólo de aguardar la llegada de la muerte, desentendiéndose de los futuros frutos de los ganados y de la tierra, y de sus pasados sudores, esforzándose únicamente en consumir lo que tenían a mano. Esto originó que los bueyes, asnos, ovejas, cabras, puercos, gallinas, y hasta los perros, siempre fidelísimos a los hombres, viéndose expulsados de las viviendas, anduviesen vagando por los campos, donde crecían las mieses sin ser segadas. Y muchas bestias, como si fueran racionales, después de pacer a su gusto durante el día, regresaban por la noche a sus casas, sin ningún pastor que las guiase. Sin más que decir (dejando la campiña y volviendo a la ciudad), sino que fue tanta y tan grande la crueldad del cielo, y quizá la de los hombres, que desde marzo a julio siguiente, a causa del poder de la pestilencia eran muchos los enfermos necesitados y, a la vez, abandonados, por el miedo de los sanos. Créese que alrededor de unos cien mil seres humanos perecieron dentro de los muros de la ciudad de Florencia, en donde antes de la mortandad no se creía que hubiese tantos moradores. ¡Oh, qué de grandes palacios, cuántas hermosas casas, cuántas nobles mansiones, antes pletóricas de familias, de señores y de damas, quedaron vacíos hasta el último de sus sirvientes! ¡Y qué de memorables alcurnias, qué inmensas herencias, cuántas riquezas famosas quedaron sin su legítimo heredero! ¡Cuántos hombres valerosos, y bellas mujeres, y bizarros jóvenes que Galeno, Hipócrates y Esculapio hubiesen juzgado rebosantes de su salud, desayunaron por la mañana con sus familiares y amigos, para a la noche siguiente cenar con sus antepasados!

A mí mismo me repugna narrar tantas calamidades, por lo que dejando de lado aquella parte que sin escrúpulos puedo dejar, diré que hallándose en esta situación la ciudad, medio despoblada, ocurrió, como por persona digna de fe pude averiguar, que un martes por la mañana, en la venerable iglesia de Santa María la Nueva, casi vacía, se encontraron después de oír los divinos oficios, con las ropas de luto que las circunstancias imponían, siete mujeres jóvenes conocidas y amigas. Ninguna tenía más de veinticinco años y menos de dieciocho, siendo todas ellas discretas, de sangre noble, bellas formas, decorosas costumbres y honradamente vivaces. Yo diría sus nombres si una justificada razón no me lo impidiera. La razón es la siguiente: que por explicar y escuchar las cosas que luego siguen, pudiera alguna de esas damas avergonzarse en lo futuro, ya que hoy las leyes restringen los placeres un tanto más que antes, cuando, por los motivos y causas ya especificados, había mucha licencia, no sólo para la edad de las referidas jóvenes, sino en otras más maduras. Tampoco quiero dar materia a los envidiosos, dispuestos siempre a mancillar toda vida loable, ni disminuir en nada la honestidad de tan meritorias mujeres, con necias habladurías. Y por esta razón, y para que lo que cada uno dijo se pueda comprender sin confusión, me propongo darles nombres apropiados, en todo o en parte, a sus calidades respectivas. A la primera y de más edad la llamaremos Pampinea; a la segunda Fiammetta; a la tercera Filomena; a la cuarta, Emilia; a la quinta, Laurita; a la sexta, Neifile; y a la última, no sin motivos, Elisa. Las cuales, no impelidas por previa determinación, sino hallándose casualmente en la iglesia, formando corro, después de muchos suspiros, dejaron sus padrenuestros y empezaron a hablar sobre los tiempos que corrían y sobre otras cosas; pasado un momento, y viendo que las demás callaban, Pampinea comenzó a hablar así.

—Vosotras, queridas mías, habréis podido oír, como yo, que a nadie ofende quien honradamente usa de su razón. Natural razón es que cada uno que nace intente defender y conservar su vida en cuanto puedan sus fuerzas. Ha de admitirse esto hasta el punto de que a veces, por defenderla, se han causado muertes de hombres sin ninguna intención. Si las leyes autorizan esto, cuyo cumplimiento lleva consigo el bienestar de los hombres, resultará más honrado que nosotras y cualquier otra, sin ofender a nadie, pongamos los remedios que podamos para conservar nuestra existencia. Haciendo un examen de nuestra conducta de esta mañana y de otras mañanas, y analizando nuestros pensamientos, llego a la conclusión, cosa que haréis cada una de vosotras, de que hemos de preocuparnos de nuestra propia vida. No me maravillo de ello, pero sí lo hago de que, si es que nuestros sentimientos son femeninos, no intentemos hallar salida para lo que a cada una amedrenta. Opino que nuestra permanencia en este lugar se prolonga hasta el extremo que parecemos cuidar los cadáveres sepultados, o bien atender a los frailes, cuyo número es ya reducido y necesitan cooperación, o mostrar a cualquiera que venga, por medio de nuestros ropajes, la calidad y cantidad de nuestras miserias. Si, por el contrario, salimos de aquí, por todas partes hallamos la visión de enfermos y cadáveres; encontramos a los que por sus delitos la autoridad condenó al destierro, pero que han escarnecido a sus ejecutores por estar éstos ya muertos o enfermos, y, que recorren el país con ímpetu avasallador. Encontramos también a la hez de nuestra ciudad, que con el nombre de faquines se alimenta de nuestra sangre, y despreciándonos, lo invade y mancilla todo, criticando nuestros males con deshonestas canciones. Solamente se oye decir "éste ha muerto", o "aquél está expirando", y más dolorosos llantos escucharíamos si hubiera quien los vertiera. Al regresar a nuestras casas, ignoro si a vosotras os ocurre lo que a mí, no encontramos en ella, de una numerosa familia, más que a una criada. Esto me produce pavor y se me erizan los cabellos, y al permanecer en mi morada, me parece encontrar las sombras de los que han muerto ya, con rostros horribles que no sé de dónde les vinieron, pero que no son los suyos y me aterran. Por todo ello, me encuentro mal en todas partes, aquí y fuera, y mucho más ahora; por lo que me parece que, aparte de nosotras, ninguna cuyo corazón late, y que puede moverse, permanece aquí. He visto y notado muchas veces, si no todas, que la demás gente, al no distinguir entre lo bueno y lo malo, solos y acompañados, de día y de noche, a la sola llamada de sus apetitos, hacen cuanto se les antoja. Me refiero también a las personas recluidas en los monasterios, quienes creen que les conviene lo que practican los demás, y que, rotas las leyes de la obediencia, se entregan a carnales deleites, creyendo de tal guisa salvarse, volviéndose lascivas y disolutas. Si esto ocurre así, como manifiestamente se ve, ¿qué hacemos nosotras aquí? ¿Qué esperamos? ¿Qué soñamos? ¿Por qué cuando se trata de nuestra salud somos más perezosas y lentas que el resto de nuestros conciudadanos? ¿Nos consideramos menos estimables que todos los demás? ¿O bien consideramos la vida sujeta a nuestro cuerpo con más fuertes cadenas que las de los otros ciudadanos, y no creemos que debamos cuidarnos de nada que nos pueda perjudicar? ¿Estamos confundidas, erramos, o qué barbaridad es la nuestra, que así lo creemos? Al recordar el gran número de hombres y mujeres que han sucumbido ante la enfermedad, veremos ante nosotras amplios argumentos. Y para que por desidia o indecisión no vayamos a parar a ese extremo, yo personalmente propongo que huyamos de alguna manera, aunque no sé si a vosotras os parecerá lo que a mí, y que, como otros muchos antes que nosotras lo han hecho, salgamos de este lugar y, apartando como a la muerte los deshonestos ejemplos ajenos, nos vayamos a hospedar honradamente en las fincas del campo que todas tenemos en abundancia, a fin de dedicarnos a toda clase de fiestas, regocijos y placeres, sin traspasar los límites de la razón. En esos lugares se oye cantar a los pájaros, se ven verdear cerros y llanuras, ondear como el mar los campos repletos de mies, y mil distintas especies de árboles, así como el amplio cielo, que por airado que ahora esté, no deja de negarnos su belleza eterna. Esto es así mucho más hermoso de ver que los muros despoblados de nuestra ciudad. Además, el aire es más refrescante, y hay mayor abundancia de los elementos que ahora se necesitan, y mucho menor es el número de las tribulaciones. Por todo ello, aunque perezcan los labradores como ocurre aquí con los ciudadanos, no resulta tan penoso como en la ciudad, por ser más escasos los edificios y los habitantes, Además, si opino bien, aquí no abandonamos a nadie, sino que podemos decir que somos nosotras las que estamos abandonadas, puesto que los nuestros, o bien murieron ya o huyeron de la muerte dejándonos solas entre tanta aflicción. Ningún castigo, en efecto, puede venirnos de que sigamos este parecer, mientras que, de no hacerlo así, nos podrían acaecer grandes dolores, congojas, y la misma muerte. Por todo esto, cuando os parezca bien, llevando a nuestras criadas y nuestras provisiones, parando hoy en este lugar y mañana en aquél, dedicándonos a los festejos que estos tiempos permitan, me parece que hemos de obrar de acuerdo con lo propuesto y permanecer fieles hasta que veamos, si antes no nos alcanza la muerte, qué fin ha reservado el cielo a nuestro destino. Y recordad que el honesto partir no nos va peor que a muchos de los demás el permanecer aquí deshonestamente.

Las otras mujeres, después de oír a Pampinea, no sólo alabaron su criterio, sino que desearon seguirlo y, más aún, comenzaron particularmente a tratar del modo de hacerlo, como si ya al levantarse fueran a ponerse en camino. Pero Filomena, que era muy prudente, dijo:

—Señoras mías; no por las razones de Pampinea es cosa de echar a correr, como queréis hacerlo. Habéis de recordar que todas somos mujeres, y ninguna tan joven que no conozca que un grupo de mujeres juntas, sin la protección de algún hombre, no acierta a regirse. Somos volubles, turbulentas, suspicaces, pusilánimes y miedosas, por lo cual dudo que, si no tomamos más guía que la nuestra, nuestra compañía se disuelva antes y con menos honra de lo conveniente. Por ello es preciso reflexionar antes de decidirnos.

Dijo entonces Elisa:

—Verdaderamente, los hombres son cabeza de las mujeres, y sin sus disposiciones, rara vez una obra nuestra llega a feliz término. Pero, ¿cómo podemos traer con nosotras a los hombres? Todas sabemos que la mayoría de los nuestros han perecido, y que los que quedan vivos se encuentran dispersos, aquí y allá, en grupos, ignorando nosotras su paradero, pues huyen de lo mismo que nosotras deseamos huir. Tampoco sería conveniente rogar a extraños. Por ello, si queremos cuidar nuestra salud, es oportuno hallar la manera de manejarnos tan hábilmente que, adonde por necesidad y reposo vayamos, las turbaciones y el escándalo no nos sigan.

Mientras las mujeres razonaban así, entraron en la iglesia tres mozos, el mayor de los cuales no pasaba de los veinticinco años. Y en ellos, ni la perversidad de los tiempos, ni la pérdida de los amigos o de los familiares, ni el temor de sí mismos, habían podido, no ya enfriar, sino extinguir los sentimientos de amor. Sus nombres eran: el uno Pánfilo, el segundo Filostrato y el último Dioneo, todos muy agradables y corteses. Iban buscando con sumo afán, entre tanta confusión, ver a sus preferidas, y las tres, por azar, se hallaban entre las siete, varias de las cuales eran también parientes de algunos de ellos. Pero antes de que sus ojos diesen con las damas, ya éstas les habían visto, por lo que Pampinea, sonriendo, declaró:

—He aquí cómo la fortuna favorece nuestros principios, colocándonos ante unos jóvenes discretos y valerosos, que gustosamente nos servirán de guía y protectores, si estamos prontas a tomarlos en esa calidad.

Neifile, con el rostro encarnado por la vergüenza, ya que era la amada de uno de los jóvenes, dijo:

—¡Por Dios, Pampinea, piensa lo que dices! Bien sé que nada sino bueno puede decirse de los que ahí llegan, y júzgolos capaces de cosas mayores que ésta. A la vez entiendo que su compañía sería decorosa para cualquiera, y no ya para nosotras, sino para otras mucho más bellas y apreciadas. Pero, es obvio que están enamorados de alguna de nosotras, y temo que sin culpa suya ni nuestra sobrevengan murmuraciones y censuras, si los llevamos en nuestra compañía.

A esta razón, añadió Filomena:

—Nada importa eso; mientras yo viva honradamente y no me remuerda la conciencia, puede, quien quiera, decir lo que le parezca. Dios y la verdad harán armas por mí. ¡Ah, si ellos estuvieran dispuestos a venir! Entonces diríamos, como Pampinea, que la fortuna favorece nuestra partida.

Oyendo las demás hablar tan juiciosamente, no sólo permanecieron calladas, sino que con unánime consentimiento acordaron que se llamase a los jóvenes, exponiéndoles las intenciones que las animaban, y planteándoles que era su deseo tener compañía en el viaje. Por lo cual, y sin más comentarios, levantóse Pampinea, que era pariente de uno de los jóvenes, se acercó a ellos, que la miraban sin moverse, y saludándoles amistosamente les manifestó su decisión y en nombre de todas suplicóles se decidiesen a acompañarlas con ánimo puro y fraterno. Los jóvenes pensaron primero que eran objeto de una burla, pero cuando vieron luego la sinceridad de la mujer, respondieron alegremente que estaban dispuestos. Así, para no retrasar nada, antes de separarse acordaron lo conveniente para la partida. Y, dispuestas y ordenadas todas las cosas necesarias, y avisando al lugar adonde pensaban dirigirse, por la mañana siguiente, miércoles, al apuntar el día, las mujeres con algunas de sus criadas, y los jóvenes con tres sirvientes suyos, se alejaron de la ciudad y se pusieron en marcha. Se habían alejado dos millas escasas, cuando llegaron al punto primeramente convenido.

Dicho lugar estaba sobre un montículo algo apartado de las carreteras, se extendía en él abundancia de arbolillos y plantas cuyas verdes frondas regocijaban la vista. En la cima de la colina había un palacio, con un hermoso y amplio patio en el centro y muchas galerías, salas y aposentos, todos, cada uno a su modo, hermosísimos y con jardines, sin escasear los pozos de agua fresca y bodegas con vinos olorosos, cosa ésta mejor para entendidos bebedores que para damas sobrias y honradas. Los recién llegados hallaron, con gusto, que la casa estaba limpia y confortable, ya dispuestas las camas en las alcobas, y colmado todo de tantas flores como lo permitía la estación, y también de guirnaldas de juncos.

Ya aposentados todos, dijo Dioneo, que era un joven muy agradable y lleno de cualidades:

—Vuestro buen sentido, señoras, que no nuestras previsiones, nos han conducido hasta aquí. Ignoro qué ideas traéis, porque yo las dejé a la puerta de la ciudad de donde hace poco salí con vosotras. De manera que, u os disponéis a divertiros, a alegraros y a cantar conmigo (dentro, digo, de lo que a vuestra dignidad conviene), o permitidme que con mis pensamientos me vuelva a la ciudad atribulada.

Y Pampinea, como si de sus anteriores pensamientos se hubiera también desecho, contestó alegremente:

—Muy bien hablasteis, Dioneo; queremos vivir gozosamente, y la tristeza es la razón que nos ha hecho escapar. Pero, como las cosas desordenadas no pueden prolongarse mucho, yo, que inicié los razonamientos de los que ha surgido esta agradable compañía, pensando en la prolongación de nuestra dicha, creo necesario que elijamos de entre nosotros a algún superior, que honremos y obedezcamos, y que sea el centro de todos los pensamientos encaminados a alegrar nuestras vidas. Y para que cada uno experimente la carga del mando, y para que nadie pueda tener envidia de una cosa u otra, propongo que se atribuya a cada uno por un día ese peso y honor, y que el primero que se designe sea elegido por todos. Cuando se acerque el crepúsculo, aquel o aquella que por el día haya ejercido el mandato, eligirá a quien debe sucederle, y éste ordenará y dispondrá a su albedrío del tiempo que su mandato deba durar, diciendo dónde y cómo hemos de vivir.

Estas palabras gustaron a todos, y unánimemente nombraron a Pampinea reina por un día. Y Filomena, corriendo rápidamente hacia un laurel, por haberse enterado del honor que confieren sus hojas, y del valor que otorgaban al que se coronaba con ellas, escogió algunas ramas, formando una guirnalda. Ésta, mientras duró la compañía, fue colocada sobre la cabeza del fugaz monarca, para dar muestra evidente de que ejercía la soberanía.

Pampinea, elegida reina, ordenó que todos permaneciesen en silencio y mandó llamar a los tres lacayos de los jóvenes y a las sirvientas, que eran cuatro, y dijo:

—Procede que yo os dé el primer ejemplo para que, mejorando cada día más, nuestra compañía se prolongue, con orden y placer, y sin falta alguna, lo más posible. Y de esta manera, elijo en primer lugar a Parmeno, criado de Dioneo, como mi mayordomo, confiándole el cuidado de nuestra casa, más lo que se refiere al servicio de la mesa. De Sirisco, criado de Pánfilo, decido que sea el tesorero, y que obedezca los mandatos de Parmeno. A Tíndaro mando que esté al servicio de Filostrato y de los otros dos, debiéndoles asistir en sus cámaras cuando no estén disponibles los demás sirvientes. Misia, doncella mía, y Licisca, que lo es de Filomena, permanecerán en la cocina, y sazonarán las viandas que Parmeno les ordene. Quimera, la criada de Laurita, y Stratilia, la de Fiammetta, deberán atender al gobierno de las alcobas, y limpiar los lugares donde hayamos de permanecer. Y a todos en general, y a cada uno en particular, digo y ordeno que si desean estar en nuestra gracia, vayan donde vayan, vuelvan de donde vuelvan, vean lo que vean, y oigan lo que oigan, no nos traigan de fuera ninguna noticia, si ésta no es agradable.

Una vez ordenadas sumariamente tales disposiciones, y aprobadas por todos, ella, risueña, levantándose dijo:

—Aquí hay jardines, hay prados y otros parajes muy placenteros, en los que cada uno puede a su gusto entregarse a su recreo. Y cuando dé la hora tercia, que cada uno esté dispuesto para comer al aire libre.

Licenciado por la nueva reina el alegre grupo, los jóvenes acompañaron a las damas, y con paso lento se adentraron en un jardín, hablando de temas alegres, tejiendo guirnaldas de diversas hojas, y cantando alegremente. Y después de permanecer todo el tiempo que tenían disponible, encontraron, al regresar a la casa, que Parmeno había empezado hábilmente su nuevo oficio. Ya que, al entrar en una habitación de la planta baja, vieron mesas cubiertas de blanquísimos manteles, y vasos, seguramente de plata, y muchas flores. Y habiéndose lavado las manos al gusto de la reina, por indicación de Parmeno se sentaron todos. Sirvieron viandas delicadamente preparadas, y vinos finísimos, distribuidos por los tres lacayos. Todos se alegraron al contemplar el excelente orden, y entre alegres frases y el contento general, empezaron a comer. Después, quitados los manteles, como todas las jóvenes sabían bailar y cantar, y algunos tocaban muy bien, la reina dispuso que trajeran los instrumentos y, por orden suya, Dioneo empuñó el laúd y Fiammetta una viola, y ambos iniciaron suavemente un aire bailable. La reina y las demás mujeres, con los otros dos jóvenes, después de enviar los criados a comer, comenzaron una danza lenta, y concluida ésta cantaron alegres canciones. Permanecieron así hasta que la reina ordenó que fueran a dormir. Los tres jóvenes fuéronse a sus habitaciones, que estaban separadas de las ocupadas por las mujeres. Encontraron los aposentos con los lechos bien dispuestos, y todo repleto de flores, y lo mismo hallaron las mujeres en sus alcobas. Desvistiéndose, echáronse a descansar.

Después de sonar la hora nona la reina se levantó y llamó a los demás, diciéndoles que no era bueno dormir demasiado durante el día. Dirigiéronse luego a un prado verde y de hierba alta, en donde por ninguna parte entraba el sol. Allí, mientras soplaba una suave brisa, todos, por voluntad de la reina, se sentaron a su alrededor. Y ella dijo:

—Ya veis que el sol está alto y que el calor es sofocante. No se oye más que el son de la cigarra en los olivares, y no sería sensato ir a otro sitio. Aquí estamos bien y frescos, y hay tableros y juegos de ajedrez con los que cada uno puede entretenerse a su antojo. Pero, según mi parecer, pasaríamos esta calurosa parte del día mejor, no jugando, ya que en ello el ánimo de una de las partes ha de conturbarse, sin demasiado placer de la otra ni de los que miran, sino contando cuentos; así, hablando uno solo, todos podremos encontrar deleite. Cada uno habrá relatado un cuento antes de que el sol decline y el calor amengüe, y luego podremos ir a distraernos a nuestro gusto. Y si lo que digo os parece bien, que en esto dispuesta estoy a seguir vuestra inclinación, hacedlo; de lo contrario, hasta la hora del crepúsculo, hágase lo que se quiera.

Hombres y mujeres aplaudieron la proposición de narrar cuentos.

—Puesto que relatar cuentos os complace —dijo la reina—, quiero que, en esta primera jornada, sea cada uno libre de discurrir sobre la materia que más le plazca.

Y, dirigiéndose a Pánfilo, que estaba sentado a su derecha, díjole que con un relato suyo diese principio a lo acordado. Oída la orden, Pánfilo comenzó prestamente así, mientras todos le escuchaban.

Narración Primera

Micer Ciappelletto, tras una falsa confesión, engaña a un santo fraile y muere; habiendo sido un pésimo hombre en vida, es en muerte tenido por santo y llamado San Ciappelletto.

Es conveniente, queridas señoras, que en cualquier cosa que el hombre haga, dé comienzo en el santo y admirable nombre de Dios. Lo que narraremos yo le daré principio, y me dispongo a empezar por una de las maravillosas cosas divinas, para que al oírla se afinque nuestra esperanza en Él como en cosa impenetrable, y su nombre sea para siempre alabado por nosotros.

Resulta evidente que todas las cosas temporales son mortales y finitas, y que en sí mismas y fuera de sí están llenas de enojos, angustias y fatigas, y expuestas a numerosos peligros. Por esta razón los que vivimos sujetos a ellas no podemos perdurar ni sostenernos sin la especial gracia de Dios que nos preste fuerza y valor. No debe pensarse que la tal gracia descienda sobre nosotros por mérito propio, sino solamente por la gran benignidad de Dios y por los ruegos de aquellos que como nosotros fueron mortales, y aunque siguieron sus placeres mientras vivieron, ahora junto a Él se han convertido en eternos y bienaventurados. Hacemos mención de éstos para que, como intercesores de la fragilidad nuestra, nos concedan las cosas que consideramos convenientes, y si tal hacemos es por no sentirnos lo bastante audaces como para dirigir nuestras plegarias al más alto juez. Y sucede que, como en Él, hacia nosotros lleno de la más plena liberalidad, no podemos escrutar, con la penetración del ojo mortal, el secreto de su mente divina, a veces, engañados por la opinión, hacemos intercesor ante su divina majestad a quien, de ella, con eterno destierro ha sido expulsado. Mas, sin embargo, Él, para quien nada está oculto, mirando más a la pureza del que suplica que a su ignorancia, o al exilio de aquel a quien se ruega, satisface a los orantes como si hubieran rogado a un santo.

Esto aparecerá claramente en la narración que me he dispuesto a contaros; y digo claramente sin referirme al juicio de Dios, sino al que los hombres hagan.

Dícese, pues, que habiendo Musciatto Franzasi, riquísimo y gran mercader de Francia, pasado a ser caballero y debiendo encaminarse a Toscana con el hermano del rey francés, micer Carlos Sin Tierra, a quien mandó acudir el papa Bonifacio, entendió que estaban sus asuntos, como lo están las más veces los de los comerciantes, muy embarullados de un lado y de otro, sin que se pudiera desembrollarlos a la primera, por lo que decidió entregarlos a terceras personas. Franzasi encontró solución para todo, y únicamente dudaba de la persona adecuada para rescatar ciertos créditos abiertos a unos borgoñones. La razón de esa preocupación era que conocía a los borgoñones como gentes turbulentas, de mala condición y desleales, y no imaginaba que hubiera algún hombre que fuera tan malvado como para enfrentarse con esa clase de gente. Y habiendo meditado mucho acerca de este asunto, recordó un tal micer Ciappelletto de Prato, que frecuentaba mucho su casa de París. Era pequeño de cuerpo y muy rechoncho, ignorando los franceses lo que Ciappelletto significaba, pensaban que quería decir algo así como guirnalda. Pero el nombre provenía de que, al ser pequeño, en lugar de llamarle Ciappello, le conocían todos por Ciappelletto, y muy pocos por micer Ciappelletto.

Era Ciappelletto de la siguiente condición: notario de profesión, consideraba de gran afrenta el que uno de sus documentos, por pocos que fueran, no fuera falso. Hacía de éstos todos los que le encargaban, y lo hacía más contento que los verdaderos, aunque éstos los regalase y los otros le fueran pagados de buena manera. Con sumo placer y facilidad levantaba falsos testimonios, requerido o no para ello; y como en estos tiempos se prestaba a los juramentos una gran fe, sobre todo en Francia, él, que no vacilaba en jurar en falso, testimoniaba en cuantas ocasiones era requerido para decir sobre su fe la verdad. Esto le complacía mucho, y su afición era promover entre amigos, parientes y cualesquiera que fuesen, males, enemistades y escándalos, recibiendo mayor gozo cuanto mayor alboroto veía seguido de esto. Si le pedían ayuda en algún homicidio o cualquier otra cosa punible, jamás se negaba, sino que iba con sumo gusto; algunas veces estaba dispuesto a matar hombres con sus propias manos. Era, además, un gran blasfemador de Dios y de los santos, y hacíalo por cualquier menudencia, porque era iracundo como nadie. Nunca asistía a la iglesia, consideraba todos los sacramentos como cosa vil y los escarnecía con abominables palabras, mientras, por el contrario, visitaba y usaba con gusto de las peores tabernas y lugares obscenos. Le gustaban las mujeres como a los perros los estacazos, agradándole lo opuesto como a ningún otro desgraciado de su jaez. Robaba y engañaba con la tranquila conciencia de un santo varón. Era hombre de mucha gula y gran bebedor, perjudicándose a veces por ello, siendo a la vez un gran jugador que utilizaba dados trucados. Pero, ¿para qué me extiendo en palabras? Era y, eso basta, el peor hombre de los nacidos. Sostuvieron mucho tiempo a micer Musciatto la malicia y el poder del notario, merced a lo cual aquél fue respetado muchas veces por personas privadas, a quienes muy a menudo hacía perjuicio, y por la Corte, a la que lo hacía siempre.

Habiendo, pues, venido este micer Ciappelletto a la memoria de micer Musciatto, que conocía su vida perfectamente, pensó que debía ser éste el hombre requerido por la maldad de los borgoñones. Y, haciéndole llamar le dijo así:

—Tú sabes, micer Ciappelletto, que voy a irme de aquí para siempre; y teniendo que entenderme, entre otros, con unos borgoñones, hombres llenos de engaños, nadie mejor que tú para encargarse de rescatar lo mío. Por eso, como nada tienes que hacer ahora, si te interesa ocuparte de esto, me propongo darte el favor de la Corte, y concederte la parte conveniente de lo que recobres.

Micer Ciappelletto, que se encontraba maltratado por las cosas de este mundo, y veía ahora alejarse a quien representaba su sostén y amparo, sin vacilación, y seguramente obligado por la necesidad, pensó y dijo que aceptaba de buen grado. Y, puestos ya de acuerdo y habiendo recibido de micer Musciatto el poder notarial, juntamente con las cartas de recomendación del rey, dirigióse micer Ciappelletto hacia Borgoña, donde casi nadie le conocía; allí, fingiendo otra naturaleza, benigna y mansamente intentó recuperar todo lo que le habían mandado. Ocurrió que, mientras obraba así, alojándose en casa de dos hermanos, usureros florentinos que por favor de micer Musciatto le atendían bien, se puso enfermo. Los dos hermanos llamaron rápidamente a los médicos, y mandaron criados para que le sirviesen en todo, a fin de que recobrase la salud. Cuanto se hizo resultó inútil, puesto que al haber vivido desordenadamente, iba empeorando cada día, adoleciendo de mal de muerte, cosa que desolaba a los dos hermanos. Un día, estando junto a la cámara en que yacía el enfermo, ambos decidieron entre sí lo siguiente:

¿Qué haremos de ese hombre? Con él, mal partido corremos, porque si le echásemos de casa estando en tal estado, sería signo manifiesto de poco sentido y nos traería gran desaprobación; la gente, al ver que antes le teníamos hospedado, y luego de cuidarle solícitamente en la enfermedad, ahora, sin motivo alguno, le echábamos de casa estando enfermo de muerte, murmuraría. Por lo demás, es de esperar que habiendo sido tan mal hombre no quiera confesarse ni recibir de la Iglesia sacramento alguno; y si muere sin confesión ningún templo querrá recibirle para enterrarlo, y le tirarán a los fosos, como a un perro. Aunque se confesara, además, sus pecados son tantos, y tan horribles, que ningún fraile ni cura querrá ni podrá absolverle, por lo que irá también a parar a las fosas. Si ocurre de esta manera, el pueblo y la gente de aquí, que ya nos mira con saña por nuestro oficio, pareciéndole inicuo y vil, y llevándoles a hablar mal de nosotros de continuo, se levantará por deseo de robarnos, diciendo: "No debemos seguir aguantando a estos perros de lombardos, a los que la Iglesia no quiere recibir". Correrán a nuestras casas y nos quitarán las haciendas, y acaso, además, acaben con nuestras personas. O sea, que de cualquier manera estamos mal si ése muere.

Micer Ciappelletto, que como dijimos yacía cerca del lugar, escuchando todo lo que se hablaba, mandó llamarles y les dijo:

—No quiero que por mi causa padezcáis ni recibáis daño alguno. He oído lo que hablabais y estoy seguro de que pasaría cuanto decís. Pero mis planes son otros. He cometido tantas ofensas a Dios Nuestro Señor, que poco hará otra más. Haced venir a un fraile tan santo y devoto como podáis, si es que hay alguno de ésos, y dejadme obrar a mí, que yo atenderé vuestros asuntos y los míos de manera que salgan bien y quedéis contentos.

Los dos hermanos, aunque sin esperanza, fueron a una orden religiosa y pidieron un fraile sabio y bueno que fuese a confesar a un lombardo que estaba muy enfermo en su casa. Se les concedió un fraile de santa y buena vida, tenido por muy docto en la Escritura, y hombre muy venerable, a quien todos los ciudadanos tenían en grandísima devoción; y éste fuese con ellos.

Llegando el fraile a la habitación de micer Ciappelletto, sentóse al lado de él, y después de confortarle benignamente, le preguntó cuánto tiempo hacía que no se confesaba. A esto, micer Ciappelletto, que no se había confesado jamás, repuso:

—Padre mío, tengo por costumbre confesarme cada semana al menos una vez, aparte de otras en que lo haga más a menudo. Desde que enfermé, hace unos ocho días, no me he confesado; mi gran pesar ha sido ocasionado por esta dolencia.

Dijo entonces el fraile:

—Hijo mío, bien has hecho y es así como tiene que ser; y ya que te confiesas tan a menudo, poco trabajo me dará oírte o preguntarte.

Declaró micer Ciappelletto:

—No digáis eso, señor fraile. Nunca me he confesado tanto y con tanta frecuencia que no haya siempre querido confesarme de todos los pecados que recuerdo desde que nací hasta mi última confesión. Por tal razón os ruego, buen padre mío, que sobre todas las cosas me preguntéis, como si no me hubiera confesado nunca. No tengáis miramientos a mi enfermedad, que prefiero más desagradar a mis carnes que, dejándoles blandura, incurrir en algo que pudiese ocasionar la pérdida de mi alma, que mi Salvador rescató con su preciosísima sangre.

Mucho gustaron estas palabras al fraile, pareciéndole ideas de una mente bien dispuesta. Y después de elogiar mucho su costumbre, le empezó a preguntar si había pecado alguna vez de lujuria, de amor a una mujer. A lo que respondió el otro suspirando:

—Por ese lado, padre mío, me avergüenza decir la verdad, por temor a pecar de vanagloria.

Dijo a esto el santo varón:

—Di con tranquilidad, que por decir la verdad en confesión no se peca nunca.

Repuso entonces micer Ciappelletto:

—Puesto que me aseguráis así, os diré que tan virgen estoy como salí del vientre de mi madre.

—¡Bendito seas —dijo el fraile—, y qué bien que has hecho! Más mérito tienes al obrar así cuanto que, de querer, tenías más albedrío de hacer lo contrario que nosotros, y que otros que bajo una regla viven sujetos.

Y después le preguntó si había disgustado a Dios con el pecado de la gula. A esto, suspirando con fuerza, micer Ciappelletto respondió que sí, y que muchas veces; porque, además del ayuno que en Cuaresma hacen todos los años las personas devotas, solía ayunar al menos tres veces por semana a pan y agua, pero bebía el agua con gran deleite y ansia, especialmente cuando había pasado alguna fatiga o ido de peregrinación. Y a veces había deseado comer ensaladilla de hortalizas, como las mujeres cuando van a la villa, y otras veces le había parecido mejor comer más de lo que deben los que piensan ayunar por devoción, como él. A lo que dijo el fraile:

—Esos pecados, hijo mío, son naturales y veniales, y no deben cargarte la conciencia más de lo que es menester. A cualquier hombre, por santo que sea, después de largo ayuno le parece bueno el comer y beber.

—Padre mío —dijo micer Ciappelletto—, no me queráis consolar, que bien sé que las cosas al servicio de Dios deben hacerse limpiamente y sin mancha alguna del ánimo, sin lo cual se peca.

El fraile, muy contento, dijo:

—Mucho me gusta que así te fortalezcas el alma, y agrádame también mucho la pura y limpia manera en que tienes tu conciencia. Pero dime: ¿has pecado de avaricia, deseando más de lo que conviene, o teniendo más de lo que debías?

A lo que micer Ciappelletto respondió:

—No quisiera, padre mío, que pensarais así viéndome en casa de estos usureros. Nada tengo que hacer aquí, y había venido para advertirles, castigarles y retirarles de esa abominable ganancia. Y creía haberlo conseguido, si Dios no me hubiese visitado. Pero habéis de saber que mi padre me dejó rico y que, cuando él murió, dediqué la mayor parte de mi fortuna a Dios y después, para poder sustentar mi vida y ayudar a los pobres de Cristo, he hecho algunos pequeños tráficos; siempre en ellos he deseado ganar, y con los pobres de Dios he partido lo ganado, dándoles una mitad y consumiendo en mis necesidades la otra. Y me ha ayudado tanto mi Creador, que mis asuntos han ido cada vez mejor.

—Bien hiciste —dijo el fraile—. ¿Y solías encolerizarte muy a menudo?

—¡Oh! —repuso micer Ciappelletto—. Os digo que muy a menudo he hecho lo que habláis. ¿Quién podría contenerse, viendo a los hombres hacer cosas inconvenientes, sin observar los mandamientos de la ley de Dios y no temer sus juicios? Muchas veces he preferido estar muerto que vivo, para no ver a los jóvenes andar detrás de las vanidades, y viéndoles jurar y rejurar, ir a las tabernas, sin visitar nunca las iglesias, y preferir los caminos del mundo a los de Dios.

A esto dijo el fraile:

—Hijo mío, buena ira es ésa, y no te impondré penitencia por ella. Pero quizá la cólera te habrá impelido a cometer algún pecado, o a decir ofensas a alguien, o a injuriar al prójimo, ¿no es así?

A lo que micer Ciappelletto respondió:

—¡Oh, señor! Vos, que me parecéis hombre de Dios, ¿cómo podéis decir semejantes palabras? Si yo hubiese tenido el más leve pensamiento de hacer alguna cosa de las que me habláis, ¿creéis que Dios me hubiese valido tanto tiempo? Cosas son ésas propias de ruines y malvados, y siempre que he visto a alguno, he dicho: “Vete y que Dios te convierta”.

Dijo el fraile a esto:

—Ahora dime, hijo mío, a quien Dios bendiga: ¿has levantado falso testimonio contra alguno, o has hablado mal del prójimo, o tomado cosas sin permiso?

—Sí, he hablado mal del prójimo —repuso micer Ciappelletto—. Porque yo tenía un vecino que, contra toda razón, no hacía más que apalear a su mujer; y una vez hablé de él a los parientes de la infortunada, ya que me inspiraba una gran compasión.

Manifestó entonces el fraile:

—Me has contado que fuiste mercader. ¿Engañaste alguna vez a alguien, como hacen los mercaderes?

—A fe que sí —dijo micer Ciappelletto—. Pero no lo sabía, ya que cierta vez, habiéndome pagado por unos paños que vendí, puse las monedas en una caja sin contarlas, y al cabo de un mes encontré que había cuatro dineros pequeños de más. Como nunca volví a ver al hombre, habiéndolos conservado un año para devolvérselos, los di en caridad.

—Poca cosa era, y bien hiciste en obrar así.

Y luego el fraile preguntó muchas más cosas, a lo que el enfermo respondió de manera parecida. Y cuando ya iban a darle la absolución, dijo micer Ciappelletto:

—Aún tengo, señor, un pecado más que no le he dicho.

Le preguntó el fraile cuál era, y aquél respondió:

—Recuerdo que un sábado, después de la hora nona, ordené a un criado mío que barriera la casa, sin cumplir el precepto de la reverencia obligada del santo domingo.

—Leve cosa es ésa —dijo el fraile.

—No digáis leve —replicó micer Ciappelletto—, que el domingo es día digno de honrarse, ya que en él resucitó Nuestro Señor.

Preguntó entonces el fraile:

—¿Qué más has hecho?

—Otro día —dijo micer Ciappelletto—, sin poderlo evitar escupí en la iglesia de Dios.

El fraile, sonriendo, dijo:

—No te preocupes por eso, hijo mío: nosotros, los religiosos, escupimos allí diariamente.

—Pues cometéis gran falta, pues nada debe estar tan limpio como el templo santo, por ser el lugar donde se rinde sacrificio a Dios.

Resumiendo, habló mucho sobre éstas y otras cosas semejantes, y luego comenzó a suspirar y a llorar copiosamente, como sabía hacerlo cuando quería. Dijo el santo fraile:

—¿Qué te ocurre, hijo?

Micer Ciappelletto respondió:

—¡Ay, señor, he omitido un pecado del que jamás me confesé, porque me daba mucha vergüenza! Y al recordarlo lloro y temo que Dios nunca me tendrá misericordia por ese pecado.

A esto el santo fraile preguntó:

—¿De qué pecado hablas, hijo? La misericordia y la benignidad de Dios es tanta que si todos los pecados que se cometen y los que se han de cometer en el mundo, juntos en un solo hombre, se le confesasen con el arrepentimiento y la contrición que yo veo en ti, Él los perdonaría. Habla, pues, con tranquilidad.

Micer Ciappelletto, sin dejar de llorar a lágrima viva, añadió:

—¡Ay, padre! Mi pecado es tan grande que apenas puedo creer que, si vuestras plegarias no me ayudan, Dios pueda perdonármelo.

A lo que dijo el fraile:

—Habla con toda calma que yo te prometo rezar por ti.

Micer Ciappelletto aún lloraba, y no se atrevía a hablar; el fraile iba animándole para que confesara. Después de un buen rato de repetirse lo mismo, y cuando el fraile estaba ya intrigadísimo, el otro dijo:

—Puesto que vos, padre, prometéis orar por mí, os lo diré. Sabed que en muy tierna edad, renegué de mi madre.

Y después de decir esto, volvió a llorar vehemente. El fraile le dijo:

—¿Tan grande consideras ese pecado, hijo mío? Los hombres renegamos diariamente de Dios, y si Él perdona de corazón, ¿piensas que no te va a perdonar eso otro? No llores y consuélate, que en verdad, si fueras uno de los que crucificaron a Dios, por tu arrepentimiento te perdonaría.

Contestó entonces micer Ciappelletto:

—¿Qué decís, padre mío? Considero que fue un gran pecado renegar de mi madre, que me llevó en su vientre nueve meses, día y noche, y si vos no rogáis a Dios por mí, creo que no seré perdonado.

El fraile comprendió que estaba todo dicho, y se dispuso a darle la absolución, creyendo que lo hacía a un hombre santísimo. ¿Y quién no lo creería, viendo a un hombre en trance de muerte hablar de esa manera? Y cuando concluyó aquello, le dijo:

—Micer Ciappelletto, con la ayuda de Dios pronto sanaréis, pero en caso de que Él llamara vuestra bendita y bien dispuesta alma, ¿os agradaría que vuestro cuerpo fuera enterrado en nuestro convento?

—Sí señor, no me gustaría que me enterrasen en otro lugar, porque me habéis prometido orar a Dios por mí; además, siempre he tenido una devoción especial a vuestra orden. Os pido que cuando estéis de nuevo en vuestro monasterio, hagáis que se me envíe el Cuerpo de Cristo, que consagráis todas las mañanas en el altar, porque aunque indigno, deseo recibirlo para poder, con la última y santa unción, morir como cristiano, aunque haya vivido como pecador.

El santo hombre le respondió que eso le complacía en gran manera y que se llevaría a cabo cuanto deseaba.

Los dos hermanos, que temían que Ciappelletto les engañara, estaban colocados junto a una delgada pared situada al lado de su cámara, a fin de poder escuchar la conversación con el fraile. Cuando oían esas cosas les resultaba difícil aguantarse la risa, y hacían sus comentarios de vez en cuando: "¿Qué clase de hombre es éste? Ni la vejez, ni la enfermedad, ni el miedo a la muerte, ni a Dios, ante cuyo juicio espera hallarse dentro de poco, han logrado alejarle de la maldad, ni hacerle arrepentir de su vida". Pero al oír que sería sepultado en el convento, ya no les importó nada más.

Al cabo de un rato, después que Ciappelletto hubo comulgado, volvió a empeorar, recibiendo la extremaunción y falleciendo hacia el crepúsculo del mismo día. Los dos hermanos prepararon todo lo necesario, y se dispuso enterrarlo honrosamente, tal como se había decidido; avisaron a los frailes para que vinieran a velarlo durante la noche, y por la mañana se llevaran al cadáver según la usanza.

El santo fraile que había sido su confesor, al enterarse de su fallecimiento, se dirigió al prior del monasterio, comentando entre los frailes que micer Ciappelletto había sido un hombre santo, a juzgar por la confesión que había realizado. Esperaba que por mediación de Dios Nuestro Señor hiciera muchos milagros, y persuadió al prior para que el difunto fuera recibido con gran veneración y respeto. El prior y toda la congregación consintieron en ello. Por la noche, yendo todos a donde se hallaba su cuerpo veláronle con gran solemnidad; a la mañana con sobrepellices y capas pluviales, los santos libros en la mano y la cruz alzada, entre gran ceremonial, lleváronle a su iglesia. El buen fraile que le había confesado subió al púlpito y habló sobre la vida de micer Ciappelletto, de sus ayunos, de su virginidad, su inocencia y sencillez. Entre otras cosas explicó que micer Ciappelletto, llorando, había confesado su mayor pecado, y el trabajo que a él le había costado convencerle de que Dios le perdonaría. Y después de esto volvióse hacia el público, que escuchaba y les reprendió diciendo:

—Vosotros, en cambio, sois malditos de Dios porque en cuanto tropezáis con un haz de paja, blasfemáis de Él y de su Madre, y de toda la corte celestial.

Fue diciendo otras muchas cosas sobre la bondad del difunto, sobre su pureza, y todo esto influyó en la mente de las gentes de aquella región que, una vez finalizado el discurso, con la mayor reverencia fueron todos a besar los pies y las manos del muerto; sus vestiduras le fueron arrancadas con gran ilusión para el que poseía un jirón. Estuvo expuesto todo el día, para que todos pudieran verle y visitarle. Por la noche fue enterrado con grandes honores dentro de una urna de mármol que había dentro de la capilla; al día siguiente las gentes empezaron a acudir, encendiéndole cirios para reverenciarle, y colocando votos con imágenes de cera. La fama de su santidad creció en tal manera que cuando alguien estaba en una adversidad, recurría a él antes que a ningún otro santo, llamándole aún hoy San Ciappelletto. Se afirma que Dios hizo por medio de su intercesión muchos milagros, y sigue haciéndolos a quien se encomienda a Él devotamente.

Esta es la vida y la muerte de San Ciappelletto de Prato, y ésta fue la manera con que llegó a la santidad. No quiero negar la posibilidad de que sea bienaventurado y goce de la presencia de Dios, porque por malvada y depravada que fuera su vida, pudo sentir arrepentimiento en su último instante. Pero a falta de comprobación, y según lo que parece más razonable, digo que el difunto debiera estar antes en la perdición, y en manos del diablo, que en paraíso. Pero siendo tan grande la bondad de Dios hacia nosotros, no mirando nuestro error, sino la pureza de la fe, quiso convertir en mediador nuestro a un enemigo suyo, dándole por amigo. Y por eso, ya que nosotros en la presente adversidad nos conservamos sanos y salvos por su gracia y en tan agradable compañía, loado su santo nombre, con el cual iniciamos esto, digo que le tengamos en reverencia y le oremos en nuestras necesidades, seguros de ser oídos. Y aquí Pánfilo calló.

Narración Segunda

El judío Abraham, incitado por Giannotto de Civigni, va a la corte de Roma y, al ver la maldad de los clérigos, vuelve a París y se hace cristiano.

La narración de Pánfilo fue reída por todos y alabada en todo por las mujeres. Habiendo escuchado solícitamente, al estar concluida, la reina dirigióse a Neifile, que se sentaba junto al relatador, y mandóle que, contando algo a su vez, siguiese el orden del comenzado solaz. Y ella, que era tan cortés como hermosa, contestó alegremente que lo haría con mucho gusto, y empezó de esta manera:

—Pánfilo nos ha mostrado la benevolencia con que Dios perdona nuestros pecados, y yo en mi cuento pretendo demostraros cómo esa misma benignidad, soportando pacientemente los defectos de aquellos que con sus obras y palabras debían de ella dar testimonio verídico, nos ofrece, obrando de manera contraria, argumentos de verdad infalibles para que creamos con mayor firmeza de ánimo.

Oí contar, queridas amigas, que había en París un mercader, hombre bueno, que se llamaba Giannotto de Civigni, leal y recto, que traficaba en paños. Tenía gran amistad con un riquísimo judío llamado Abraham, comerciante y también hombre leal y bueno. Observando Giannotto esa lealtad y rectitud, se compadeció de que su alma se perdiera por falta de fe. Decidió amistosamente rogarle que se iniciara en los misterios de la fe, dejando los errores del judaísmo. El judío respondió que para él no existía ninguna otra religión santa y buena como la judaica. Y como en ella había nacido, en ella había de morir. Giannotto, pasados unos días, volvió a replicarle con palabras y razones de mercader, añadiéndole que nuestra religión era mejor que la judía. Y aunque el judío era en la ley hebrea gran maestro, sin embargo, movido por su mucha amistad con Giannotto, o porque el Espíritu Santo pone convicción aun en la lengua del idiota, a Abraham empezaron a gustarle y a interesarle las palabras de Giannotto. Lo cierto es que, obstinado en su fe, se empeñaba en no abjurar. Pero Giannotto nunca cesaba en su empeño, insistiendo constantemente hasta que, al fin, el judío, vencido por tanta tenacidad, le dijo:

—Mira, Giannotto, ya que a ti te complace que yo me haga cristiano, estoy decidido a cumplirlo; lo deseo tanto que quiero ir a Roma, allí donde está el vicario de Dios en la tierra, para estudiar sus maneras y costumbres, y las de los cardenales, sus hermanos. Si éstas me convencen, y entre eso y tus explicaciones puedo comprender que vuestra fe es mejor que la mía, según has intentado demostrarme, haré lo que te he prometido. Si ocurre lo contrario, seguiré judío, como hasta ahora.

Giannotto, al oír tales palabras, se sintió terriblemente apenado, diciéndose para sí: "He perdido la labor que tan bien parecía emplear, confiando que le había convertido; si se va a Roma y observa la vida depravada e impía de los eclesiásticos, no solamente no se hará cristiano, sino que, si cristiano fuera, seguro que se volvía judío". Y hablando a Abraham le dijo:

—¿Por qué, amigo mío, te quieres molestar tanto, aparte del gasto que supone trasladarse a Roma? Además, por mar y tierra existen abundantes peligros para un hombre rico como tú. ¿No crees hallar aquí quien te administre el bautismo? Y si la doctrina que te expongo te produce alguna duda, ¿dónde hay mayores sabios y maestros que aquí, los cuales pueden esclarecerte cuanto preguntes? Por todas estas razones me parece que tu marcha a Roma es superflua e inconveniente. Los prelados allí son como los que ya has podido ver aquí, y aún mucho mejores, por estar cerca del Pastor principal. Te aconsejo que evites esa fatiga, que puedes emplear para alguna indulgencia, en cuyo caso quizá yo te haga compañía.

A esto repuso el judío:

—Creo, Giannotto, que tal como tú dices ocurre, pero si quieres que haga lo que tú dices, estoy dispuesto a irme; de lo contrario no me convertiré.

Viendo Giannotto que no tenía nada que hacer, pues la voluntad de su amigo era firme, dijo:

—Buena ventura lleves.

Pensó que Abraham nunca se convertiría cuando estuviese en la corte de Roma; pero como él nada perdía en ello, le dejó ir.

El judío tomó el caballo y se encaminó rápidamente a la corte de Roma, donde al llegar fue recibido con honor por los judíos. Mientras se encontraba allí, sin saber nadie para qué había ido, comenzó a observar cautamente la conducta del Papa, de los cardenales, prelados y de todos los cortesanos. Advirtió en seguida, pues de hombre agudo se trataba, junto con otras cosas que le contaron, que, del mayor al menor, todos allá pecaban con gran deshonestidad; eran pecados de lujuria, y no sólo en lo natural sino en lo sodomítico, sin freno alguno de arrepentimiento ni vergüenza, hasta el punto de que sin la mucha influencia de las meretrices y de los efebos, no se podía nunca conseguir nada. Además, conoció claramente que todos eran comilones, bebedores, ebrios, y más servidores de su vientre que los animales irracionales. Cuanto más ahondaba, más los encontraba avaros y ansiosos de dinero, que tanto la humana sangre, incluso la cristiana, como las cosas divinas y lo perteneciente a los sacrificios y beneficios, por dinero vendían y compraban, haciendo mayor mercadería y ganancia de la que pudiera encontrarse en París con ventas de pañerías u otras cosas. Habían puesto a la simonía descarada el nombre de procuraduría, y llamaban a la gula sustentamiento, como si Dios, prescindiendo del significado de los vocablos, no conociera la intención de los pésimos ánimos, y a semejanza de los hombres, se dejase engañar por los nombres de las cosas.

Todos estos hechos, junto con otros que es más conveniente callar, desagradaron en gran manera al judío, como sobrio y modesto que era; le pareció conocer ya lo bastante, cuando decidió volverse a París. Hízolo así, y cuando Giannotto se enteró de su llegada, fue rápidamente a visitarle, aunque en conciencia lo último que esperaba era que volviese cristiano. En cuanto Abraham descansó algunos días le preguntó qué le parecían el Santo Padre, los cardenales y demás cortesanos. A lo que el judío contestó:

—¡Así Dios los confunda a todos! Te digo que si no me equivoco no hallé allí santidad alguna, ni obra buena, ni ejemplo de vida, ni de nada, en alguien que fuera clérigo. Pero la lujuria, avaricia, gula y otras cosas semejantes y peores, si peores se pueden encontrar en alguien, parecióme hallarlas en tal abundancia entre toda aquella gente, que tengo aquel lugar más por una sede de obras diabólicas que divinas. Y me parece que con toda solicitud, arte e ingenio se aplican vuestro Pastor, y todos los demás, a reducir a la nada y a arrojar del mundo la cristiana religión, cuando debieran ser fundamento y sustentáculo de ella. Pero, puesto que aun así vuestra religión aumenta más, y más lúcida y clara se vuelve, con razón me parece discernir que el Espíritu Santo es su fundamento y sostén, y que es más santa y verdadera que otras. Por ello, si antes me mantuve rígido y obstinado ante tus exhortaciones, y no quise hacerme cristiano, ahora abiertamente te digo que por nada del mundo dejaré de hacerme cristiano. Vamos, pues, a la iglesia, y allí según la debida costumbre de vuestra fe, me haré bautizar.

Giannotto, que esperaba un resultado totalmente opuesto, al oírle hablar así, se puso más contento que hombre alguno jamás lo fuera. Y se fue con su amigo a Nuestra Señora de París, y pidió a los clérigos que diesen el bautismo a Abraham. Ellos se apresuraron a atenderle, y Giannotto sacóle de la pila dándole el nombre de Juan. Muchos hombres de valía le instruyeron, aprendiendo Juan muy rápidamente y siendo luego hombre bueno, meritorio y de santa vida.

Narración Tercera

El judío Melquíades, con un cuento acerca de tres anillos, elude un peligro con que Saladino le amenazaba.

La narración de Neifile fue alabada por todos, y cuando ella hubo terminado, con el permiso de la reina comenzó Filomena a hablar de esta guisa:

—El relato de Neifile me recuerda otro arduo caso sucedido a un judío hace ya mucho tiempo. Ya se ha dicho bastante acerca de Dios y de la verdad de nuestra fe, y por ello no perjudicará descender a los lances y actos de los hombres con una narración que, acaso después de oída, os haga ser más prudentes en las respuestas, ante las preguntas que se os formulen. Debéis saber, amadas compañeras, que así como la necedad nunca aporta nada favorable, además pone a muchos en la miseria, cosa suficientemente probada por la experiencia, y que no hace el caso que relatemos, puesto que en mil ejemplos se encuentra de manifiesto. Pero que el buen judío puede dar consuelo en un cuentecillo, como os prometí, os lo mostraré concisamente.

Saladino, cuyo valor fue tal que se elevó de hombre vulgar a sultán de Babilonia, obteniendo muchas victorias sobre sarracenos y cristianos, en varias guerras y muchísimas magnificencias había consumido su tesoro; y haciéndole mucha falta una buena cantidad de dinero, y no viendo de dónde sacarla tan prestamente como la necesitaba, acudióle a la memoria un judío llamado Melquíades, que prestaba con usura en Alejandría. Pero era éste tan avaro, que por su propia voluntad nunca habría prestado a Saladino, y éste no quería forzarle. Mas, por exigencias de la necesidad, estudió la manera de conseguir que el judío le sirviese. Decidió hacerle fuerza, aunque dándole la mayor apariencia de razón. Le mandó llamar y con trato cordial, haciéndole sentar, le dijo:

—Hombre de bien; me he enterado, a través de muchas personas, de tu sabiduría y dedicación al estudio de las materias divinas; por tal razón me gustaría saber cuál de las tres religiones tienes en mayor consideración: la musulmana, la judía o la cristiana.

El judío, que no tenía nada de tonto, se dio cuenta de la intención engañosa de Saladino, y pensó que si elegía alguna de las tres, en especial, Saladino advertiría su error. Y dada la necesidad de dar alguna contestación, esforzóse en agudizar el ingenio, hasta que se le ocurrió lo siguiente:

—Señor, muy interesante resulta la pregunta que me habéis formulado, y para responderos será preciso que os explique un cuentecillo. Si no me equivoco, recuerdo que muchas veces oí hablar de un hombre poderoso y rico que tenía entre sus muchas joyas un anillo de valor incalculable. Quería rendirle el honor que merecía su valor, y dejarlo para su descendencia. Para ello, decidió dejar como heredero a aquel de sus hijos que, una vez muerto él, fuese encontrado con el anillo en su poder. Aquel que fue considerado heredero y honrado por todos, tomó la misma medida en su testamento, obrando así de la misma manera que su antecesor. Resumiendo, el anillo fue pasando de mano en mano, yendo finalmente a poder de un hombre que tenía tres hijos virtuosos, buenos, y a la vez muy obedientes de su padre, amándoles éste a los tres por igual. Los jóvenes, conocedores de la historia, y deseando cada uno resaltar por su honradez entre los demás, pedían a su viejo padre que al morir les dejara aquella joya. El amante padre no podía elegir a ninguno en especial para concederles la joya; debido a que la prometía a todos, decidió satisfacer a los tres. Secretamente encargó a un artista dos copias perfectas del anillo. En estado de suma gravedad, entregó un anillo a cada uno de los tres hijos, por separado. Después de la muerte del padre, los tres hermanos querían toda la herencia y el honor de ser herederos, y discutiendo entre ellos sacaron los respectivos anillos, para dar testimonio de su privilegio. Al resultar tan parecidos, era muy difícil averiguar cuál era el genuino, desconociéndose aún hoy cuál fue el verdadero heredero. Por tal razón os digo, señor, que referente a la cuestión que me expusisteis respecto a las tres leyes dadas a los tres pueblos por Dios, cabe responder que cada uno ha recibido la herencia y su verdadera ley, obligando a cumplir sus mandamientos; pero, al igual que en el caso de los tres anillos, sigue la cuestión en suspenso.

Saladino comprendió perfectamente la evasiva de aquel hombre al que había puesto una trampa a los pies, y resolvió decirle abiertamente sus propósitos y saber si quería servirle. Hízolo así, confiándole lo que en su ánimo se había propuesto hacer, si él no hubiera respondido adecuadamente. El judío aceptó servir a Saladino en todo lo que se presentara, y éste, más adelante, pagóle íntegramente, colmándole de grandísimos dones y considerándole siempre su amigo.

Narración Cuarta

Un monje, habiendo pecado y siendo merecedor de un gravísimo castigo, astutamente, y reprochando al abad su misma culpa, se libra de la pena.

Al concluir Filomena su narración, y permanecer en silencio, Dioneo, que se hallaba sentado a su lado, sin aguardar el mandato de la reina, pues ya conocía el orden iniciado, por tocarle el turno habló así:

—Amables señoras, aunque ya he comprendido la intención de todos, estamos aquí para que al narrar sintamos placer, y me parece que, mientras no se actúe en contra de eso, se debe permitir a cada uno, según ha dicho nuestra reina no hace mucho, contar lo que juzgue que puede deleitar más. Por dicha razón, habiendo escuchado cómo Abraham salvó su alma gracias a los buenos consejos de Giannotto de Civigni, y cómo Melquíades, con su buen juicio, defendió sus riquezas de las asechanzas de Saladino, me propongo contar brevemente la discreción con que un monje salvó su cuerpo de una pena gravísima.

Sucedió en Lunigiana, pueblo cercano de aquí, en un monasterio más lleno antes de frailes y santidad que ahora. Entre ellos se encontraba un fraile joven, cuyo vigor no habían podido doblegar las austeridades, ayunos ni vigilias. Cierta vez, al mediodía, mientras los restantes monjes sesteaban, se fue por los contornos de la iglesia, que estaba en un lugar bastante apartado, y se encontró con una mozuela bastante hermosa, seguramente la hija de algún labrador de aquella región, que andaba buscando hierbas. A la vista de la joven, entróle al fraile el deseo carnal, y acercándose a ella entabló conversación, y de palabra en palabra llegóse a un acuerdo para ir a la celda del monje, cosa que se realizó sin que nadie lo notara. Mientras el monje, arrebatado por su excesiva voluntad, retozaba alegremente con la moza, sucedió que el abad levantóse de la siesta, y al pasar frente a la celda del monje, oyó la algazara que los jóvenes hacían. Para enterarse mejor de lo que sucedía, acercóse a la puerta a escuchar, dándose perfecta cuenta de que dentro había una mujer. Dudaba en mandarles abrir, pero pensándolo mejor, regresó a su celda en espera de que salieran. El fraile, aunque ocupado en grandes placeres y deleites con la joven, no dejaba de inquietarse, y más pareciéndole oír ciertos ruidos de pasos en el corredor. Al mirar por el ojo de la cerradura, vio al abad que escuchaba, y comprendió en seguida que su superior estaba bien enterado de que allí dentro había una mujer. Conociendo lo que podía derivarse de tal acto, quedó sumamente acongojado, pensando muchas y variadas cosas para sí, por si alguna solución encontraba. Finalmente halló una estratagema que le pareció adecuada para conducirle al fin deseado. Dirigiéndose a la joven, y fingiendo haber estado ya bastante con ella, le dijo:

—Voy a pensar la manera de que salgas sin ser vista. Permanece aquí hasta que yo regrese.

Salió, cerró la puerta con llave dirigióse a la celda del abad y le entregó dicha llave, declarando con agradable talante:

—Señor, esta mañana no pude traer toda la leña que fui a buscar y, con vuestro permiso, voy al bosque a ocuparme del asunto.

El abad, para informarse mejor de la falta cometida por el fraile, pero sin querer demostrar que estaba enterado, se alegró del incidente, aceptando de buen grado la llave y dándole permiso para irse. Cuando le vio partir, comenzó a pensar lo que era mejor hacer; dudaba si abrir la celda en presencia de todos los frailes, revelando la culpa, a fin de que el fraile no pudiera murmurar contra él, cuando lo castigase, o bien averiguar a través de la muchacha cómo había ocurrido el percance. Pensaba también que la joven tal vez fuera hija de cierto conocido suyo, en cuyo caso no quería hacerle pasar la vergüenza de mostrarla a todos los monjes. Por todo ello, resolvió finalmente averiguar quién era y resolver luego. Entró sigilosamente en la celda y cerró la puerta. La joven, al ver al abad, se asustó y, entre temerosa y avergonzada, comenzó a llorar. El abad la contempló y encontrándola bella y lozana, sintió, aunque ya viejo, no menos ardientes apetitos carnales que el joven monje, y se dijo: "¿Por qué no gozar yo de este placer que he hallado? Esta joven es hermosa, y está aquí sin saberlo nadie; puedo persuadirla de que me proporcione placer; entonces, ¿por qué no hacerlo? ¿Quién se va a enterar? Nadie, y pecado escondido está medio perdonado. Quizá no me vuelva a ver nunca más en una situación parecida. Me parece adecuado aprovechar el bien que Dios Nuestro Señor me ha proporcionado." Y diciéndose todo esto, y cambiando completamente el designio que le había llevado allí, se acercó a la joven, la consoló sagazmente, y pidiéndole que no llorase, con palabra tras palabra, acabó exponiéndole su deseo. La joven, que no era de hierro ni diamante, aceptó fácilmente el gusto y deseo del abad, el cual la abrazó y besó muchas y repetidas veces. Subióse al fin a la yacija del monje, y pensando quizá en el grave peso de su dignidad, y, tal vez, en la tierna edad de la joven, y temeroso también de dañarla con su excesiva solemnidad, no se colocó sobre su pecho, sino que la hizo colocar a ella sobre el suyo, retozando largo rato con la moza. El joven monje, mientras tanto, fingiendo ir al bosque, se había escondido en el corredor y vio al abad entrar en la celda. Se tranquilizó al observar que su treta surtía el efecto deseado, confirmándolo cuando se cerró la puerta por dentro. Saliendo de su escondite se arrimó sigilosamente a la puerta, y miró por un orificio, por donde vio y oyó lo que el abad hacía y decía. Cuando al abad le pareció que ya se había entretenido bastante con la mozuela, la dejó encerrada en la celda, regresó a su estancia, y allí permaneció largo rato aguardando el regreso del fraile. Al llegar éste, el abad decidió reprenderle severamente y castigarle, a fin de poder disponer él solo de la codiciada presa. Le llamó y con rostro grave y severo le amonestó y quiso llevarlo al calabozo. A ello respondió el monje:

—Señor, no llevo mucho tiempo en la orden de San Benito como para que haya podido aprender todas las reglas, y vos todavía no me habíais enseñado que los monjes deben dar a las mujeres tanta preeminencia como a los ayunos y vigilias. Pero ahora, me lo habéis demostrado, os prometo, si me perdonáis, no volver a pecar nunca más, y hacer siempre lo que os he visto hacer a vos.

El abad, que era hombre inteligente, comprendió que el fraile estaba enterado de todo lo ocurrido, y que además le había visto y observado, y, avergonzado de su culpa, no castigó al monje. Le perdonó y le mandó que guardara silencio sobre lo ocurrido, y los dos honestamente hicieron salir a la moza; y debe creerse que otras veces la hicieron regresar.

Narración Quinta

La marquesa de Monferrato, con un banquete de gallinas y unas palabritas discretas, reprime el loco amor del rey de Francia.

La narración de Dioneo impresionó el espíritu de las oyentes, que manifestaron su vergüenza con un cierto rubor en sus mejillas. Luego, mirándose la una a la otra, apenas pudieron contener la risa. Pero, una vez concluido todo, se reprendió con dulces palabras al narrador, ya que dichos cuentos no eran muy adecuados para ser explicados delante de mujeres jóvenes. La reina, dirigiéndose a Fiammetta, que estaba sentada en la hierba al lado de Dioneo, le mandó que prosiguiera según el orden establecido, cosa que ella hizo con afable y risueño rostro:

—Complaciéndome que hayamos demostrado con nuestras historias la fuerza de las respuestas rápidas y oportunas, y entendiendo que los hombres de juicio eligen las mujeres de mejor linaje que ellos, y que por el contrario, las mujeres sagaces cuidan de no dejarse arrastrar por hombres superiores a ellas, deseo demostraros, amigas mías, con la narración que os voy a contar, cómo una mujer de alcurnia se alejó de ese peligro con buenas obras y palabras.

El marqués de Monferrato era hombre de ensalzado valor y confaloniero de la iglesia, habiéndose trasladado a ultramar en una incursión hecha por los cristianos a mano armada. Se hablaba de su valentía en la corte del rey de Francia, quien se aprestaba también a partir en aquella misma expedición. Un caballero contó que no había pareja bajo las estrellas igual a la que formaban el marqués y su esposa, ya que, además de gozar él de gran fama entre los caballeros, entre las mujeres resaltaba la marquesa, por poseer todas las virtudes.

Estas palabras impresionaron de tal manera el ánimo del rey de Francia, que, sin conocer a la dama, se enamoró de ella fervientemente, proponiéndose que su embarcación no se dirigiese a otro punto que a Génova, con lo que tenía muchas posibilidades de ver a la marquesa, y, además, de intentar satisfacer su deseo mientras el marido estuviese ausente. Con tal pensamiento, puso en práctica el ardid, mandando adelante a todos sus hombres mientras él, con unos pocos, se dirigió a las tierras del marqués, habiendo previamente advertido a la dama que le esperase al día siguiente para comer. Ella, discreta y viva, le respondió que le aguardaba y le dispensaría buena acogida. Luego fue meditando lo que podía resultar de todo aquel asunto, y qué interesaría al rey para efectuar aquella visita estando ausente su marido. No vaciló en pensar que el motivo era la fama de su belleza, que le atraía. Pero, como mujer de bien que era, decidió recibirle y honrarle, mandando llamar a los hombres que se habían quedado con ella, y disponiendo todo lo oportuno, excepto el convite y las viandas, que preparó ella personalmente. Mandó reunir a todas las gallinas de que disponían, y ordenó a sus cocineros que los platos que aderezaran fuesen todos de gallina. El rey se presentó el día señalado y fue acogido por la marquesa con todos los honores. Él la encontró sumamente hermosa y cortés, no dejando de admirarla y haciéndole grandes alabanzas y encendiéndose más y más al ver que la mujer respondía a cuanto le iba preguntando. Después de haber permanecido el rey en una cámara, haciendo reposo, llegó la hora de la comida. El rey y la marquesa se sentaron a una mesa, disponiéndose los demás invitados en los otros aposentos, según su calidad. Se sirvió al rey sucesivamente de los manjares previstos, juntamente con excelentes y valiosos vinos, experimentando gran placer en la cena, además de poder contemplar a la bellísima marquesa. Notó el rey, al ir sirviéndose los platos, que aunque todos eran distintos, tenían todos sabor a gallina. Como él conocía que en aquellos parajes había una gran variedad de caza, díjole asombrado a la dama:

—¿Señora, nacen en este país gallinas solamente, sin gallo alguno?

La marquesa, que entendió muy bien la pregunta, juzgó que Dios le había concedido el momento oportuno para hacer notar sus intenciones al rey, y volviéndose a él, agudamente le dijo:

—No, mi señor, pero las mujeres, aunque en borlares y vestido varían algo unas de otras, todas son aquí iguales que en otra parte.

El rey, al oír tales razones, comprendió el motivo del convite de las gallinas, y la virtud que se escondía tras las palabras de la marquesa, juzgando inútil todo lo que se le dijera. Y como no era el caso de emplear la fuerza, decidió, así como desacertadamente se había prendado de ella, extinguir ese malvado fuego. Sin decirle nada más, temeroso de sus palabras, despidióse de toda esperanza, almorzó, y acabada la visita agradecióle los honores recibidos y partió para Génova.

llena. El rey se presentó el día señalado y fue acogido por la marquesa con todos los honores. Él la encontró sumamente hermosa y cortés, no dejando de admirarla y haciéndole grandes alabanzas, encendiéndose más y más al ver que la mujer respondía a cuanto le iba preguntando. Después de haber permanecido el rey en una cámara, haciendo reposo, llegó la hora de la comida. El rey y la marquesa se sentaron a una mesa, disponiéndose los demás invitados en los otros aposentos, según su calidad. Se sirvió al rey sucesivamente de los manjares previstos, juntamente con excelentes y valiosos vinos, experimentando gran placer en la cena, además de poder contemplar a la bellísima marquesa. Notó el rey, al ir sirviéndose los platos, que aunque todos eran distintos, tenían todos sabor a gallina. Como él conocía que en aquellos parajes había una gran variedad de caza, dijole asombrado a la dama:

—¿Señora, nacen en este país gallinas solamente, sin gallo alguno?

La marquesa, que entendió muy bien la pregunta, juzgó que Dios le había concedido el momento oportuno para hacer notar sus intenciones al rey, y volviéndose a él, agudamente le dijo:

—No, mi señor, pero las mujeres, aunque en tocados y vestido varían algo unas de otras, todas son aquí iguales que en otra parte.

El rey, al oír tales razones, comprendió el motivo del convite de las gallinas, y la virtud que se escondía tras las palabras de la marquesa, juzgando inútil todo lo que se le dijera. Y como no era el caso de emplear la fuerza, decidió, así como tan desacertadamente se había prendado de ella, extinguir ese malvado fuego. Sin decirle nada más, temeroso de sus palabras, despidióse de toda esperanza, almorzó, y acabada la visita agradeciéndole los honores recibidos y partió para Génova.

Narración Sexta

Un hombre común, con su buena ocurrencia, búrlase de la hipocresía de un religioso.

EMILIA, que estaba situada al lado de Fiammetta, después que hubieron finalizado los comentarios y loado las ocurrencias e ingenios de la marquesa, dirigidos al rey de Francia, con la autorización de la reina, dijo:

—No quiero callar la lección que un seglar, gran hombre de bien, dio a un avaro religioso, con una ocurrencia no menos digna de risa que de encomio.

No hace mucho tiempo todavía, queridos jóvenes, había en nuestra ciudad un fraile, inquisidor de herejías. A éste, por mucho que se dijera santo y devoto de la fe cristiana, como hacen todos, le importaba más quien tenía la bolsa llena, que quien se mostraba herético de la fe cristiana. Se encontró con un hombre de bien, más rico en dinero que en sensatez, que, no por falta de fe, sino obrando a la ligera, excitado por el vino o por el excesivo humor, dijo un día a sus amigos que poseía un vino digno de que lo bebiese Cristo. El inquisidor se enteró de ello, y confiando en lo grande de sus poderes y en lo bien repleta que tenía la bolsa aquel hombre *cum gladiis et fustibus* se propuso vigorosamente echarle un juicio encima, entendiendo que, aunque no aliviara la incredulidad del acusado, quedarían, al menos, muchos florines en la mano del acusador. Y haciéndole llamar, le preguntó si era cierto aquello que se había dicho de él, a lo que el seglar respondió afirmativamente. El inquisidor, que era muy devoto de San Juan Boca de Oro, dijo:

—¿Y por qué juzgas a Cristo como bebedor y catador de vinos exquisitos, como si se tratara de uno de vosotros, borrachos y amigos de tabernas? ¿Quieres ahora, hablando con humildad, presentar esto como cosa leve? No es así. Mereces el fuego, cuando queramos y como debamos aplicártelo.

Decía éstas y otras cosas amenazadoras, y lo hacía de manera solemne, como si se tratara de Epicuro negando la inmortalidad de las almas. Esa resolución asustó de tal manera a nuestro hombre, que buscando misericordia, valióse de ciertos medios, y esto lo hizo con gran cantidad del ungüento de San Juan Boca de Oro, para untar las manos del clérigo, que ese unto vale mucho en la enfermedad de la pestilencial avaricia de los clérigos. Esta unción resultó muy eficaz, aunque Galeno no la menciona nunca, dando tan excelentes resultados que el fuego amenazador se cambió por una cruz, y como si el castigado debiera ir a las expediciones de ultramar, se la pusieron amarilla, sobre fondo negro, en el pecho. Una vez recibidos los dineros, el inquisidor retuvo al hombre unos días junto a él, dándole como penitencia oír misa en Santa Cruz todas las mañanas, dejándole libertad de hacer lo que le pareciese el resto del día.

Cumpliendo estas cosas el penitente, cierta mañana que iba a misa oyó recitar en el Evangelio estas palabras: "Y recibiréis ciento por uno y poseeréis la vida eterna". Retuvo firmemente en su memoria tales expresiones, y, al presentarse al mediodía en casa del inquisidor, éste le dijo si había oído misa aquella mañana. A lo que respondió vivamente:

—Sí, señor.

Y el inquisidor le preguntó:

—¿Oíste en ella alguna cosa de la que dudas, o tienes algo qué preguntarme?

—En verdad —respondió el buen hombre—, que no dudo de ninguna de las cosas que oí; sino que, por lo contrario, creo en todas firmemente. Pero he advertido una que me ha hecho sentir compasión de vos y de los restantes frailes, al pensar en el mal estado en que habéis de veros en la otra vida.

Dijo entonces el inquisidor:

—¿Qué palabras te han movido a tener esa compasión de nosotros?

El buen hombre repuso:

—Señor, esas palabras del Evangelio que dicen: "Recibiréis ciento por uno".

El inquisidor dijo:

—Y es verdad; pero, ¿por qué te han impresionado tales palabras?

—Yo os lo diré, señor —dijo el buen hombre—. Desde que estoy aquí he visto dar a mucha gente, unas veces uno o dos grandes cacillos de sopa, que se os quita a vos y a los demás frailes, aunque os sobre; si por cada uno os van a dar ciento en el más allá, recibiréis tanta sopa que os ahogaréis en ella.

Los que estaban sentados en la mesa con el inquisidor se rieron. Este, comprendiendo cuánto se transparentaba su hipocresía, turbóse. Si no hubiera sido porque ya era reprobable cuanto hiciera, habría echado encima otro proceso al pobre hombre, para castigar la acusación que con risueñas palabras le había dirigido. Pero le dijo que hiciese lo que le viniera en gusto, sin volver más por allí.

Narración Séptima

Bergamino, hablando de Primaso y del abad de Cluny, reprueba la insólita avaricia de micer Cane della Scala.

LA GRACIOSA narración de Emilia fue del agrado de todos, haciendo reír a la reina y a todo el grupo, y alabando la curiosa ocurrencia del penitente. Cuando los ánimos estaban de nuevo predispuestos para proseguir, Filostrato, a quien correspondía el turno de narrar, lo hizo de esta manera:

—Es conveniente, meritorias señoras, censurar un defecto que no tiene remedio, pero maravilla que cuando aparece inesperadamente una cosa insólita, se acierte al instante la manera de zaherirla. La vida viciosa y pecaminosa de los clérigos, firme signo de maldad, en muchos casos, se nos presenta abiertamente para que hablemos de ella, reprobándola y censurándola cuantos lo deseen. Por esta razón, habló muy bien aquel hombre que reprochó al inquisidor la hipócrita caridad de los frailes, que dan a los pobres lo que convendría tirar a los cerdos. Pero me parece mucho más ejemplar, por exigirlo mi narración, el caso de que debo hablar. Se trata de micer Cane della Scala, honorable señor que fue curado de una desusada avaricia al leer un cuento donoso en que se dirigía a otro lo que quería decirse de él. El cuento era el siguiente:

—Como en este mundo se saben todas las cosas, micer Cane della Scala, que era un hombre afortunado, fue de los más importantes y notables señores, el emperador Federico II hasta nuestros días no tenido otro ejemplo. Había dispuesto dar una fiesta en Verona con muchísimos invitados, incluso de otras comarcas especialmente cortesanos y nobles. Repentinamente, sea cual fuera la razón, rehusó hacer todo cuanto se había propuesto, despachando a todos los que habían venido, excepto a uno, Bergamino. Este era un hombre de muy gracioso decir, aunque no era muy bien considerado, razón por la cual determinó tomarse por su mano la licencia que no le otorgaban; al ver que no le daban nada, permaneció en la ciudad pensando que no le tratarían así de no contarse con su utilidad futura. Según el parecer de micer Cane, cualquier cosa que se otorgase a Bergamino era tan perdida como si se tirase al fuego. Pasados unos días, viendo Bergamino que no le decían nada, ni le proporcionaban trabajo alguno, y estando en grave aprieto económico en la posada con sus criados, siguió aguardando, aunque más irritado de día en día. Tenía en su poder tres ricos trajes que le habían dado otros señores a fin de que se presentara a la fiesta decorosamente, y como debía pagar al posadero, lo hizo con el primero de los trajes. Luego, al quedarse más tiempo, dio otro, y a cuenta del tercero comenzó a comer, con la intención de permanecer tanto como le durase, para luego partir.

Y he aquí que mientras se sustentaba a cargo de la tercera vestidura, pidió ver un día a micer Cane, y presentósele con aire entristecido. El noble, que estaba comiendo, más como broma que por extraer deleite de alguna ocurrencia, le dijo:

—¿Qué tienes, Bergamino? Te encuentro melancólico. Dime algo.

Bergamino, sin pensar nada, quizá por lo mucho que había pensado, le contó esta fábula:

—Sabed, señor, que Primaso fue hombre muy docto en gramática, y sobre todo gran versificador, que improvisaba con facilidad. Su sabiduría le hizo tan preciado y famoso que, aunque no era conocido de vista, nadie desconocía el nombre de Primaso. Sucedióle que estando en París, en mala situación (cosa que le ocurría frecuentemente, por culpa de los que no saben apreciar el mérito), oyó hablar del abad de Cluny, de quien se cree que es, después del Papa, el más rico prelado de la Iglesia. Las cosas oídas eran maravillosas y grandes, como su gran generosidad, hasta el extremo de que nunca negaba en su corte la comida y la bebida a quien se presentaba y se lo pedía. Primaso, que deseaba conocer a los grandes señores, decidió ir a comprobar personalmente la magnificencia de aquel abad. Enteróse de la dirección exacta y la distancia que se encontraba de París, concretamente a unas seis millas. Decidió llegar al mediodía, por lo cual se dispuso a partir al amanecer. Pidió que le mostrasen el camino, pero no pudo encontrar compañía alguna para el viaje, cosa que le hizo temer por su llegada, o tal vez dirigirse a un lugar donde faltara la comida. Para evitar tal posible accidente, decidió llevarse consigo tres panes, suponiendo que agua (aunque no le gustaba mucho) no dejaría de haber. Guardóse el alimento y emprendió el camino, resultándole todo satisfactoriamente y llegando al sitio donde se encontraba el abad hacia el mediodía. Entró y estuvo mirando, deteniéndose a contemplar la gran multitud de mesas puestas y el mucho aparato de la cocina, juntamente con las cosas dispuestas para la comida. Al ver esto se dijo para sus adentros: "Realmente, es tan magnífico este hombre como se dice".

Cuando ya llevaba un buen rato contemplándolo todo, el mayordomo del abad, siendo ya la hora de comer, mandó que se sirviera agua para las manos y dispuso a todos un sitio en la mesa. A Primaso le tocó justamente un sitio frente a la puerta por la que debía pasar el abad al entrar en el comedor.

Era costumbre de aquella corte que nunca se sirviera en la mesa pan, vino ni otras cosas de comer y de beber, antes de que el abad se hubiera sentado. Así pues, una vez dispuestas las mesas, el mayordomo mandó llamar al abad, para que acudiese cuando lo deseara. Cuando fue a entrar el abad, se encontró en primer lugar frente a Primaso, muy desastrado y a quien desconocía. Tan pronto como le vio le asaltó un mal pensamiento y, sin querer sentarse a la mesa pensó de esta manera: "¡Estos son los hombres a quienes yo doy de comer de lo mío!" Retiróse del comedor y preguntó quién era aquel pícaro que se atrevía a sentarse a su mesa. La respuesta fue que nadie le conocía. Pero Primaso, que había andado mucho camino y se sentía con mucho apetito, al ver que no venía el abad, sacó de su bolsillo un trozo de pan y se dispuso a comerlo.

El abad, después que pasó un largo rato, mandó a uno de sus familiares que mirase si ya se había marchado Primaso. Le contestaron:

—No, señor, y además está comiendo pan, lo que demuestra que lo traía consigo.

—Pues que coma del suyo —respondió el abad—, que del nuestro no comerá hoy.

El abad deseaba que Primaso se marchara por iniciativa propia, ya que no se atrevía a despedirlo. Pero sucedía lo contrario, ya que Primaso, una vez había terminado el pan y viendo que el abad aún no venía, empezó a comer el segundo. El abad enteróse por el mismo procedimiento, con uno de sus parientes. Finalmente al ver que no venía, y no quedándole a Primaso ya nada del segundo pan, empezó a comer el tercero; y enteróse también el abad. Esto le hizo meditar y decirse: "¿Qué novedad es ésta, que hoy me ha venido al ánimo? ¿Avaricia? ¿Mala intención? ¿Y por qué? Hace ya muchos años que vengo dando de comer de lo mío al que lo necesita, sin mirar quién es, pobre o rico, mercader o buhonero; incluso me he visto burlado por numerosos pícaros, sin haberme entrado en el alma el pensamiento de hoy. Esta avaricia no debe de haberme entrado por personaje de poca categoría; me parece un truhán, pero no debe ser sino lo contrario". Y pensando de esta manera quiso conocer al forastero. Al enterarse de que era Primaso y que el motivo de su visita era conocer la magnificencia que concedía gran fama al abad, como hombre de bien, se quedó tan sorprendido que para enmendar el mal se preocupó de agasajar a su huésped de mil maneras. Después de la abundante comida, le dio dinero y un caballo, dejándole libre arbitrio para marcharse.

Y Primaso, que estaba muy contento, dándole mil gracias, regresó a París a caballo, habiendo viajado antes a pie.

Micer Cane, que era hombre listo, advirtió en seguida lo que quería indicarle Bergamino, y respondió sonriente:

—Astutamente, Bergamino, has demostrado tu virtud y mi avaricia, y lo que deseas de mí. Verdaderamente, hasta hoy no me había acometido nunca la avaricia, pero yo la arrojaré de mí con el mismo remedio que tú me has indicado.

El noble dispuso que el posadero de Bergamino fuese pagado, regaló a Bergamino una de sus propias vestiduras, y le dio al mismo tiempo dinero y un palafrén, dejando a su propia decisión el quedarse o el marcharse.

Narración Octava

Guillermo Borsiere, con prudentes palabras, censura la avaricia de micer Herminio de Grimaldi.

Junto a Filostrato se encontraba Laurita. Ésta, después de loar la buena maña de Bergamino, pareciéndole que debía contar algo sin esperar indicación, empezó a hablar de esta guisa:

—En la siguiente narración, amadas compañeras, veréis cómo un prudente cortesano, de manera parecida a Bergamino, y con tan buenos resultados, condenó la avaricia de un hombre riquísimo. A pesar de la semejanza con el cuento anterior, no menospreciaréis éste que al final concluye felizmente.

Había en Génova, hace ya de esto mucho tiempo, un gentilhombre llamado micer Herminio de Grimaldi, a quien, según opinión de todos, se podía considerar por sus muchas riquezas y posesiones el ciudadano más rico de cuantos había entonces en Italia. Y así como en riqueza aventajaba a los demás ciudadanos, excedía también a todo el mundo en avaricia y miseria. No sólo se portaba avaramente con los demás, sino también con las necesidades más elementales de su propia persona, en contra del uso general de los genoveses, que acostumbran a vestir bien, mientras él lo hacía miserablemente. Lo mismo ocurría con el comer y beber. Por todo ello nadie le llamaba Grimaldi, sino, merecidamente, Herminio Avaricia.

Sucedió que, al no gastar nada, sus riquezas se multiplicaban. Llegó a Génova un hombre de bien, que se llamaba Guillermo Borsiere. Era diferente de los cortesanos de hoy, con sus costumbres vituperables y vergonzosas, que desean ser bien considerados como hidalgos y señores, cuando se asemejan más a los asnos. Esos cortesanos de antaño se ocupaban de procurar paz en las guerras y en las rencillas entre los gentilhombres; recreaban su ánimo tratando de matrimonios, parentescos o amistades, o con buenas y discretas palabras alentaban a los hastiados o solazaban las cortes; o bien se entretenían también con agrias reprensiones como padres, reprobando los defectos de los perversos, y todo ello a cambio de muy leve recompensa. Pero los de hoy gustan de las habladurías, siembran cizaña, murmuran, todo ello lo hacen delante de los demás hombres; censuran los males y defectos, verdaderos o no, de los otros, y atraen con falsas lisonjas a los gentilhombres hacia cosas viles y malvadas. El más querido tenido en mejor consideración es aquel que peores palabras dice y peores obras hace. Por ello el mundo presente merece gran reprobación, pudiendo decirse, muy justificadamente, que la virtud ha huido de aquí, dejando en el abandono a los miserables seres, que viven entre el fango de los vicios.

Pero, volviendo al tema inicial, del que me he apartado por un justo enojo, sigo diciendo que el tal Guillermo era honrado y de buena fe. Llevaba ya algunos días en la ciudad, y habiendo oído hablar de la avaricia de micer Herminio, se dispuso a visitarle. Micer Herminio, por su parte, se había enterado de que Guillermo Borsiere era un gran hombre. Aunque avaro, quedaban aún en él huellas de hidalguía, y decidió recibirle haciéndole todos los honores. Hablando con él, le llevó con otros genoveses que se encontraban allí, hacia una casa nueva, muy hermosa. Después de visitarla toda, le dijo:

—Ea, micer Guillermo, vos que tantas cosas habéis visto y oído, ¿podríais enseñarme algo nunca visto, para que yo pudiera mandarlo pintar en la sala de mi casa?

A lo que Guillermo, oyendo tan inconvenientes palabras, dijo:

—No creo, señor, poder enseñaros algo extraordinario, como no sean estornudos o cosa parecida; pero, si os interesa, os sugeriré algo que no habéis visto jamás, según creo.

Micer Herminio dijo:

—Os pido que me digáis lo que es.

No esperaba la respuesta que iba a recibir, pues Guillermo decididamente respondió:

—Haced pintar la Generosidad.

Oyendo micer Herminio estas palabras, entróle un gran bochorno; cambióle el humor rápidamente, avergonzado de todo lo que hasta entonces había sido, y dijo:

—Micer Guillermo, yo os la haré pintar de manera que ni vos ni otro me podrá decir con razón que no la he visto ni conocido.

Y a partir de aquel mismo momento, tanta fuerza tuvieron las palabras de Guillermo, que el avaro se convirtió en el hombre más liberal y dadivoso de los caballeros, y el que más honró a forasteros y ciudadanos.

Narración Novena

El rey de Chipre, criticado por una mujer gascona, se convierte de cobarde en valeroso.

Le FALTABA recibir a Elisa el mandato de la reina, y aquélla, sin esperarlo, comenzó gozosamente:

—Jóvenes amigas, ocurre muy a menudo que lo que no han conseguido repetidos consejos y reprensiones, lo logra una palabra dicha muchas veces por azar, y no adrede. Es fácil de observar esto en la narración de Laurita y yo, con una muy corta, pienso también demostrarlo. Lo hago en razón que todas las cosas buenas y provechosas deben oírse, díganlas quien las diga.

Sabréis que en tiempos del primer rey de Chipre, después que Godofredo de Bullón hubo conquistado Tierra Santa, una dama de Gascuña se dirigió en peregrinación al Santo Sepulcro. De regreso, llegando a Chipre, fue injuriada villanamente. La desconsolada mujer pensó en ir a reclamar al rey; pero, por consejo de algunos, comprendió que era tarea inútil, pues se trataba de un rey dedicado plenamente a la vida relajada, y resultaba tan ineficaz para remediar entuertos ajenos como los propios que le hacían a él, llegando al extremo de que, cuando alguien se encontraba enojado por algo, desahogábase lanzando improperios contra la persona del rey. Enterándose de esto la mujer, y no viendo remedio alguno ni consuelo para su tragedia, decidió reprobar la torpeza de aquel rey, se presentó ante él llorando, y dijo:

—No vengo, señor, a pedirte venganza por la injuria que me han hecho, sino que, para soportarla resignadamente, te pido que me enseñes cómo sufres tú aquellas que te hacen, a fin de que con tu ejemplo me resigne.

El rey, hasta entonces perezoso y despreocupado, como si despertase de un sueño, volvióse severo perseguidor de la injuria (empezando por la de aquella mujer, que reivindicó) que contra el honor de su corona se profiriese.

Narración Décima

El maestro Alberto de Bolonia, en buenos términos, hace avergonzar a una dama que, por amarla él, quería ridiculizarle.

Al callar Elisa, el último trabajo de narrar quedábale a la Reina, la cual comenzó a hablar así:

—Preciados amigos: así como en las noches luminosas son las estrellas ornato del cielo, y en primavera lo son las flores de los verdes prados, así son también las palabras discretas adorno de las costumbres laudables y los razonamientos placenteros. Y tales palabras, si breves, mucho mejor sientan a las mujeres que a los hombres, porque más en ellas que en ellos el mucho hablar, ya que hoy poca o ninguna mujer sabe entender una ingeniosidad, y si la entiende, no acierta a responderla, lo que es general afrenta de las que hoy existen. Porque esa virtud, que en su ánimo tuvieron las de otro tiempo, la han convertido las de ahora en adorno del cuerpo, y la que hoy lleva encima las telas más galanas y con más frunces, cree tener que ser más estimada y honrada que las otras, como si al ponerle a un asno atavíos mejores tuviera que ser más honrado que los demás asnos. Me avergüenza decirlo, ya que no hay cosa que diga contra las otras que no diga contra mí; pero ésas tan pintadas y retocadas, y que como estatuas de mármol mudas e insensibles están, si a algo responden, lo hacen tan a deshora, que más les valiera callar. Creen que es de pureza de alma el no saber platicar entre ellas y los hombres de bien, y a su ineptitud le han puesto por nombre honestidad, como si sólo fuera honrada la que habla únicamente con su criada, o con la lavandera o panadera; cosa imposible, porque, de ser como ellas quieren dar a entender, ya les hubiese la Naturaleza limitado el hablar. Cierto que, como en las demás cosas, en ésta se debe mirar la ocasión, lugar y persona con que se habla, porque ocurre a veces que creyendo un hombre o mujer hacer ruborizar a los demás con una donosa palabrilla, sin comparar sus fuerzas con las de su interlocutor, el rubor que en los otros han querido suscitar siéntenlo para sí. Y para que vosotras sepáis guardaros, y para no ratificar el proverbio que dice que generalmente la mujer lleva la peor parte en todo, quiero que la última narración de hoy, que me corresponde relatar, os haga ver que si por nobleza de alma sois diferentes, también por la bondad de costumbres os distinguís.

No hace muchos años que en Bolonia hubo un médico muy grande y de sobrada fama, casi de todo el mundo conocido —y que acaso todavía esté vivo— llamado Alberto. El cual, aunque de setenta años de edad, era de tan noble espíritu, que aun cuando de su cuerpo todo el calor natural se hubiera desvanecido, no se negó a recibir amorosas llamas. Y, viendo en una fiesta a una bellísima viuda, a la que llamaban Margarita de Ghisolieri, agradándole mucho, como si fuera un jovenzuelo en su maduro pecho se acogió el amor, al punto de que aquella noche no reposó hasta ver al otro día el gentil y delicado rostro de la bella. Y empezó a pasar a pie, o a caballo, según mejor le venía, ante la casa de aquella mujer. Por lo cual ella y otras advirtieron la razón de esos paseos, y muchas veces comentaron que hombre tan entrado en años y seso se enamorase, suponiendo que tal pasión sólo en las necias almas de los jóvenes puede adentrarse y morar. Y así, prosiguiendo los paseos de maestro Alberto, un día de fiesta en que aquella mujer, con muchas otras, se hallaba sentada a la puerta de su casa, viendo a lo lejos llegar al maestro Alberto, acordaron entre todas recibirle, agasajarle y mofarse de su enamoramiento; e hiciéronlo así. Levantáronse todas, le invitaron y le condujeron a un patio muy fresco, donde mandaron traer exquisitos vinos y confites. Y al final le preguntaron con muy buenas y discretas palabras, cómo se había enamorado de la hermosa mujer, sabiendo que ella era amada por muchos mancebos apuestos, gentiles y donosos. El maestro, notando cuán discretamente le zaherían, respondió risueño:

—Que yo ame, señora, no debe pasmar a nadie, y menos que os ame a vos, que lo merecéis. Y si bien a los hombres de edad les han sido quitadas las fuerzas que para los ejercicios amorosos se requieren, no por eso están privados de la voluntad de ello, ni del entendimiento de lo digno de ser amado, sino que tanto más lo saben cuanto que tienen más experiencia que los mozos. La esperanza que a mí, un viejo, me mueve a amaros, aunque os vea amada por muchos jóvenes, es ésta: muchas veces he estado en lugares donde merendaban mujeres, y las he visto comer altramuces y puerros. Y, si bien del puerro no es bueno nada, lo menos desagradable es la cabeza; sin embargo vosotras, generalmente llevadas por un equivocado apetito, soléis empuñar la cabeza y comer las hojas, que, no sólo no tienen ningún alimento, sino que saben mal. ¿Qué sé yo, señora, si al escoger amante no haréis cosa parecida? Y si tal hiciereis, el escogido sería yo, y rechazados los otros.

La gentil dama, un tanto sorprendida, como las otras, dijo:

—Maestro, bien y cortésmente habéis castigado nuestra presunción. Y os digo que vuestro amor me es tan precioso como debe serlo el de un hombre prudente y de valía, por lo cual, en lo que no toque a mi dignidad, disponed de mí como cosa vuestra.

El maestro, levantándose con sus compañeros, dio gracias a la mujer, y riendo con alegría despidióse y partió.

Y así ella, por no reparar de quién se burlaba, creyendo vencer fue vencida. De lo cual, si discretas sois, bien os guardaréis.

Ya el sol se inclinaba al ocaso y el calor había disminuido cuando los relatos de las jóvenes y de los mancebos llegaron a su fin. Por lo que la reina, placenteramente, dijo:

—Ahora, queridos compañeros, a mi reinado nada le queda que hacer en la jornada de hoy, salvo daros reina nueva, que según su juicio de su vida y de la nuestra, con fines de honesto deleite disponga. Y aunque el día debe durar hasta la noche, como quien de tiempo anticipado no dispone, no puedo disponer del porvenir, y para que se pueda preparar lo que la nueva reina ordene para mañana, pienso que a esta hora debe comenzarse la siguiente jornada. Y por ello, con reverencia a Aquel por quien todas las cosas viven para nuestro consuelo, durante la próxima jornada la discretísima joven Filomena guiará nuestro reino.

Y levantándose, quitóse la guirnalda de la cabeza y a Filomena, con reverencia, la ciñó. Y Pampinea primero, y después todas las demás mujeres y los jóvenes, saludaron a la reina, ofreciéndose risueñamente a ella.

Filomena, no sin algún sonrojo al verse coronada, y recordando las palabras antes dichas por Pampinea, para no parecer tímida recobró la osadía, y ante todos atestiguó los cargos conferidos por Pampinea, y dispuso lo que para la siguiente mañana y para la cena se debía hacer, permaneciendo todos, mientras tanto, allí donde estaban. Y seguidamente comenzó así:

—Queridos compañeros, aunque Pampinea, más por su cortesía que por mi propio mérito, me haya hecho reina de todos vosotros, no por eso me propongo seguir solamente mi juicio, en nuestro modo de vivir, sino el de todos. Y para que sepáis lo que a mi parecer debe hacerse, y para que podáis agregar o quitar lo que os plazca, con pocas palabras quiero explicároslo. Si bien he reparado en cuanto hoy ha hecho Pampinea, me parece que todo ha sido grato y honrado, y por eso, mientras no resulte, por demasiada continuidad u otro motivo, enojoso, me propongo que así prosiga. Habiendo, pues, comenzado a dar orden de lo que debemos hacer, levantaos y recreémonos, y ya que el sol está al ponerse, cenaremos al fresco y tras algunas canciones y diversiones, bueno será ir a dormir. Mañana nos levantaremos con el fresco e iremos a solazarnos a algún lugar, al gusto de cada uno, y como hoy, a la hora debida, volveremos a comer, bailaremos y al levantarnos de dormir, cual hoy, aquí volveremos con los relatos, ya que creo que hay en ello mucho de placer y provecho. Verdad es que lo que no pudo Pampinea hacer por ser tardíamente nombrada reina, pienso yo comenzar a hacerlo, y es restringir dentro de ciertos modos lo que debemos narrar, manifestándolo de antemano para que cada cual pueda pensar algún placentero relato sobre el tema propuesto. El cual, si así os place, será éste: Ya que los hombres, desde el comienzo del mundo, por la Fortuna a diversos lances han sido llevados, y lo seguirán siendo hasta el fin de los días, cada uno de nosotros hablará sobre aquel que de muy diversas aventuras, contra toda esperanza logró llegar a buen fin.

Hombres y mujeres alabaron ese acuerdo y prometieron respetarlo. Solamente Dioneo, cuando los demás callaron, declaró:

—Señora, como todos los demás han dicho, yo también creo muy grata y loable la orden dada por vos, pero una gracia especial os pido me sea concedida mientras nuestra compañía dure, y es que no se me obligue a relatar sobre lo propuesto, si no quiero, pudiendo relatar lo que me plazca. Para que ninguno de vosotros crea que pido ese privilegio por no tener cosas que contar, desde ahora acepto ser el último que hable.

La reina, que sabía de la jovialidad de Dioneo, comprendió que él decía así para que, si el grupo se cansaba de los demás relatos, pudiera él alegrarlo con algún cuento de risa, y con el asentimiento de los demás, concedióle amablemente lo que solicitaba. Levantándose con paso lento se encaminaron todos hacia un arroyo de agua clarísima, el cual descendía desde una colina, entre piedras y verdes hierbas, hacia un denso valle de árboles.

Allí, andando por el agua con los brazos y pies desnudos, se divirtieron entre sí, y llegada la hora de la cena, volvieron al palacio, cenando con gusto. Después hicieron traer los instrumentos, y mandó la reina preparar una danza, que debía conducir Laurita mientras Emilia cantaba una canción acompañada por Dioneo con el laúd. Oyendo la orden, Laurita inició la danza, mientras Emilia entonaba la siguiente canción:

Estoy enamorada de mi belleza,
al punto que otro amor jamás
mis ansias despertar podrá.
Contemplando mi hermosura en el espejo,
contento los ojos y la mente.
Ni suceso nuevo ni pensamiento antiguo
me pueden privar de esta alegría.
¿Qué otro objeto placentero
podré jamás hallar
que en mi corazón despierte nuevos anhelos?

No huye este bien, ni aleja mi deseo
de contemplarlo para mi consuelo;
viene a mí cuando lo busco,
tan sutil de encontrar, que las palabras
no lo pueden explicar. ¿Se puede suponer
que haya algún mortal que en pasión
no arda ante esta gentil hermosura?

Y yo, que me voy encendiendo más y más,
cuanto más fija en ella tengo la mirada,
me entrego a ella, me rindo totalmente.
Disfrutando de cuanto me ha prometido,
y del placer y de la alegría de que jamás
existirá belleza parecida.

Concluida la balada, que todos alegremente corearon, si bien a varios les dio bastante que pensar la letra, hubo alguna que otra canción, pero como una parte de la noche había transcurrido, dispuso la reina que se diera fin a la primera jornada. Ordenando encender las antorchas, mandó que cada cual fuera a reposar hasta la siguiente mañana, y cada uno, así lo hizo.

Esta obra se terminó de imprimir
en los talleres de Ediciones Leyenda, Ciudad Universitaria No. 11,
Colonia Metropolitana, 2a. Sección, Ciudad Nezahualcóyotl,
C.P. 57740, Estado de México.